彩图1-1　寿光Ⅰ型日光温室　（见3页）

运用压膜线压膜　（见5页）

压膜线

彩图1-3　寿光Ⅱ型日光温室外观
（见6页）

彩图1-4　寿光Ⅲ型日光温室外观
（见7页）

彩图1-5　寿光Ⅳ型日光温室内部结构
（见8页）

彩图1-6　寿光Ⅴ型日光温室内部结构
（见9页）

彩图1-7　寿光Ⅵ型日光温室外观
（见13页）

彩图1-8　在草苫上加盖浮膜保温
（见13页）

彩图1-9 日光温室顶风口
(见18页)

彩图1-10 通过天窗通风滑轮开关通风口
(见19页)

彩图1-11 日光温室放风口处设置挡风膜
(见19页)

彩图1-12 前屈伸臂式卷帘机
(见20页)

彩图1-13 轨道式卷帘机
(见20页)

**彩图1-14 深冬季节温室后墙张挂
反光幕,增加室内光照**
(见23页)

彩图1-15 温室前裙膜卷起后覆盖防虫网
(见24页)

**彩图1-16 日光温室通风天窗
安装25~40目的防虫网**
(见24页)

彩图1-17　日光温室单
轨运货吊车
（见25页）

彩图1-18　日光温室
阳光灯
（见26页）

彩图1-19　棚膜面上拴一些清尘布条，
布条随风左右摆动自动清除棚膜上的灰尘
（见27页）

彩图2-1　大黑龙
（见28页）

彩图2-2　娜塔丽
（见28页）

彩图2-3　黑丽人长茄
（见28页）

彩图2-4　布利塔
（见29页）

彩图2-5　爱丽舍
（见29页）

彩图2-6　快圆茄
(见30页)

彩图2-7　西安绿茄
(见30页)

彩图2-8　秦皇绿长茄
(见30页)

彩图2-9　农友长茄
(见31页)

彩图2-10　10-903
(见33页)

彩图2-11　安吉拉
(见33页)

彩图3-1　茄子穴盘育苗
（见37页）

彩图3-2　茄子嫁接育苗
（见40页）

彩图4-1　地膜覆盖栽培
（见56页）

彩图4-2　茄子透明塑料绳吊架
（见59页）

彩图4-3　越夏栽培覆盖遮阳网
（见61页）

彩图4-5　茄子熊蜂授粉
（见80页）

彩图4-4　茄子落蔓
（见69页）

彩图4-6 持续阴天后暴晴要拉放"花帘"
（见87页）

彩图4-7 茄子槽式
有机生态型无土栽培模式
（见98页）

彩图4-8 茄子袋式有机
生态型无土栽培
（见100页）

彩图4-9 茄子行间覆麦糠
（见126页）

彩图5-1 茄子褐纹病
（见138页）

彩图5-2 茄子灰霉病
（见139页）

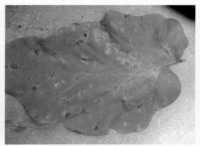

彩图5-3 茄子早疫病
（见140页）

彩图5-4 茄子菌核病果
（见142页）

彩图5-5 茄子绵疫病
（见144页）

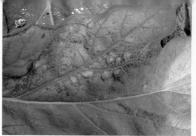
彩图5-6　茄子细菌性褐斑病
（见147页）

彩图5-7　茄子病毒病(1)
（见148页）

彩图5-8　茄子病毒病(2)
（见148页）

彩图5-9　病毒病与激素中毒比较
（见149页）

彩图5-10　茄子根结线虫病
（见150页）

彩图5-11　利用丽蚜小蜂控制白粉虱
（见152页）

彩图5-12　茶黄螨危害茄果
（见153页）

彩图5-13　黏虫板诱蚜
（见155页）

彩图6-1　茄子缺钙
（见158页）

彩图6-2　茄子缺镁
（见159页）

彩图6-3　茄子缺铁
（见160页）

彩图6-4　茄子缺锌
（见181页）

彩图6-5　着色不良
（见166页）

彩图6-6　圆茄偏头
（见171页）

彩图6-7　长茄弯曲
（见172页）

寿光科学种菜经验问答丛书

茄子

QIEZI
DAPENG
JISHU
WENDA

大棚 技术问答

胡永军 主编

化学工业出版社
生物·医药出版分社
·北京·

本书由中国蔬菜之乡——山东省寿光市农业一线技术推广人员编著。编著者从生产实际出发，以问答的形式，通俗简明地介绍了寿光菜农在茄子保护地栽培中的种植经验与关键技术，常见的疑难问题及解决办法。具体包括温室建造、优良品种选择、育苗技术、栽培管理、病虫害防治等问题。本书实用性强，对提高保护地茄子生产水平和经济效益具有指导作用。

本书适合广大农民和基层农业科技人员阅读，也可作为相关院校的参考用书。

图书在版编目（CIP）数据

茄子大棚技术问答/胡永军主编. —北京：化学
工业出版社，2010.5
（寿光科学种菜经验问答丛书）
ISBN 978-7-122-08042-4

Ⅰ. 茄… Ⅱ. 胡… Ⅲ. 茄子-温室栽培-问答
Ⅳ. S626.5-44

中国版本图书馆 CIP 数据核字（2010）第 049552 号

责任编辑：李　丽　邵桂林　史　懿　　　　装帧设计：韩　飞
责任校对：郑　捷

出版发行：化学工业出版社　生物·医药出版分社
　　　　　（北京市东城区青年湖南街 13 号　邮政编码 100011）
印　　装：大厂聚鑫印刷有限责任公司
850mm×1168mm　1/32　印张 6　彩插 4　字数 153 千字
2010 年 7 月北京第 1 版第 1 次印刷

购书咨询：010-64518888（传真：010-64519686）
售后服务：010-64518899
网　　址：http://www.cip.com.cn
凡购买本书，如有缺损质量问题，本社销售中心负责调换。

定　　价：16.00 元　　　　　　　　　　版权所有　违者必究

《寿光科学种菜经验问答丛书》编委会

主　任　杨维田

副主任　潘子龙

编　委　（以姓氏笔画为序）

丁加刚　　王来芳　　王宗增　　吕从海　　刘国明

刘凌军　　孙志刚　　孙丽英　　李玉华　　李建春

杨维田　　吴青林　　吴爱莲　　邱金泽　　张　旋

张云明　　张东东　　张迎华　　张国秀　　张秋玲

赵小宁　　赵允忠　　胡云生　　胡永军　　袁悦强

夏文英　　徐彩君　　潘子龙

本册编写人员

主　编　胡永军

编著者　胡永军　　张国秀　　刘凌军　　赵允忠

丛书前言

　　山东省寿光市种植蔬菜历史悠久，素有"中国蔬菜之乡"之称。自 1989 年创建第一个冬暖大棚（日光温室）种植蔬菜以来，经过 30 多年的努力，现已发展到常年种植面积 80 万亩（1 亩＝667m²）的规模，蔬菜产业已经成为当地农民增效、增收的支柱产业。

　　寿光市及其周边地区农民在蔬菜生产中摸索出了一套值得推广的成功经验与技术，编著者将其汇总、整理起来，结合菜农在生产实践中经常遇到且急需解决的疑难问题、栽培注意事项等，编写了《寿光科学种菜经验问答丛书》。丛书按蔬菜种类分为《黄瓜大棚技术问答》、《番茄大棚技术问答》、《辣椒大棚技术问答》、《茄子大棚技术问答》、《西葫芦大棚技术问答》、《丝瓜、苦瓜大棚技术问答》、《冬瓜、瓠瓜大棚技术问答》、《芸豆、豇豆大棚技术问答》8 个分册。

　　本丛书语言通俗，把栽培经验、技术与基本理论融会于问答解析中，使农民既知其然，又知其所以然，易懂易学，实用性、操作性强。为了便于读者使用，丛书中所提到的农药尽可能地给出了其通用名称或有效成分。书中所得到的农药、化肥、生长调节剂使用浓度和使用量，会因作物种类和品种、生产期以及产地环境条件的差异而有一定的变化，故仅供参考，实际应用以所购产品使用说明书为准。

　　希望本丛书的出版能够为蔬菜科技工作者、农业院校师生、部队农副业生产人员、广大的蔬菜生产专业户起到有效地参考作用，从而推动蔬菜产业的发展。

　　由于编者水平所限，书中不妥之处在所难免，敬请专家和广大读者批评指正。

编　委
2010 年 5 月

前 言

　　茄子是我国栽培面积较大的蔬菜，经济效益可观。随着设施栽培的发展及交通运输的发达，可做到周年生产、均衡供应。茄子含有丰富的维生素、矿物质、碳水化合物及少量的蛋白质，因而深受消费者喜爱。

　　山东省寿光市日光温室茄子栽培起步早，规模大，有许多成熟的技术和经验，可以为各地茄子种植者提供一些借鉴和帮助。为此，编者在总结多年来一线工作经验以及寿光市当地和全国其他地区茄子生产先进经验的基础上，参考了大量的资料，以日光温室及其配套设施、优良品种、育苗技术、栽培管理、主要病虫害防治技术、生理障碍的识别与防治等为思路，根据生产实际，以问答的形式系统地介绍了茄子优质高产栽培技术，特别提供了部分寿光农民秘不外传的拿手技术和独创技术。

　　本书的编写从茄子生产实际出发，突出科学性、实用性和可操作性，文字通俗易懂，以问答形式向广大农民朋友介绍茄子在保护地栽培中所遇到的疑难问题及其解决方法。换句话说，本书介绍了寿光市菜农科学种植经验。这些经验中的许多技术措施，与传统已知的专业书中介绍的并不雷同，它们来源并服务于生产实践，合理、实用，对农民朋友发展茄子生产必将起到一定的指导、促进和借鉴作用。我们衷心希望读者能通过阅读本书掌握茄子栽培的关键技术，从而有效提高经济效益。

　　本书的编写得到了相关专家的帮助，在此一并表示感谢！由于编写者水平和编写时间所限，书中不当之处在所难免，敬请专家和广大读者批评指正。

编著者

2010 年 5 月

目 录

一、日光温室及其配套设施

二、优良品种

三、育 苗 技 术

四、栽 培 管 理

五、病虫害防治

六、生 理 障 碍

一、日光温室及其配套设施

1. 不同地区如何根据寿光经验建造日光温室

各地建造日光温室时，要根据当地经纬度和气候条件，对于日光温室的高度、跨度以及墙体厚度等做好调整，适应当地条件。如东北一带的日光温室建造得与山东寿光一样，那么日光温室体的采光性和保温性将大为不足；而南方地区的日光温室建造得与寿光一样，则日光温室的实种面积将受限。因而建造日光温室应因地制宜。

（1）正确调整日光温室棚面形状和宽、高的比例　日光温室棚面形状及面角是影响日光温室日进光量和升温效果的主要因素，在进行日光温室建造时，必须考虑当地情况，合理选择、设计。在各种日光温室面形状中，以圆弧形采光效果最为理想。

日光温室面角指日光温室透光面与地平面之间的夹角。当太阳光透过棚膜进入日光温室时，一部分光能转化为热能被棚架和棚膜吸收（约占10％），部分被棚膜反射掉，其余部分则透过棚膜进入日光温室。棚膜的反射率越小，透过棚膜进入日光温室的太阳光就越多，升温效果也就越好。最理想的效果是，太阳垂直照射到日光温室面，透过的光照强度最大。简单地说，要使采光、升温与种植面积较好地结合起来，日光温室宽与高的比例就要合适。不同地区合适的日光温室高与宽的比例是不同的。经过试验和测算，日光温室宽和高的计算方法可以用下面的公式计算：

宽：高＝ctg（理想日光温室面角）

理想日光温室面角＝56°－冬至正午时的太阳高度角

冬至正午时的太阳高度角＝90°－（当地地理纬度－

冬至时的赤纬度）

例如：山东寿光地区在北纬 36°～37°，冬至时的赤纬度约为 −23.5°（在数学计算中北半球冬至时的赤纬度取负值），所以寿光地区合理的日光温室宽：高，按以上公式计算为 (2～2.1)：1。河北中南部、山西、陕西北部、宁夏南部等地纬度与寿光地区相差不大，日光温室宽：高基本在 (2～2.1)：1。江苏北部、安徽北部、河南、陕西南部等地，纬度较低，多在北纬 34°～36°，冬至时的太阳高度角大，理想日光温室面角就小，日光温室宽：高也就大一些，在 (2.2～2.4)：1。而在北京、辽宁、内蒙古等地，纬度较高，在北纬 40° 地区，日光温室宽：高也就小一些，在 (1.8～1.9)：1。建日光温室要根据当地的纬度灵活调整。

(2) 确定合适的墙体厚度 墙体厚度的确定主要取决于当地的最大冻土层厚度，以最大冻土层厚度加上 0.5m 即可。如山东地区最大冻土层厚度在 0.3～0.5m，墙体厚度 0.8～1m 即可。辽宁、宁夏等地的最大冻土层厚度甚至达到 1m，墙体厚度需适当加厚 0.3～0.6m，应达 1.3～2.0m。江苏北部、安徽北部、河南等地，最大冻土层厚度低于 0.3m，墙体厚度在 0.6～0.8m 即可满足要求。墙体厚度薄了保温性差，厚了浪费土地和建日光温室的资金。

2. 建造日光温室应遵循什么原则

①建造日光温室的地点要水源充足，交通方便，有供电设备，以便管理和产品运输。②选地势开阔、平坦，或朝阳缓坡的地方建造日光温室，这样的地方采光好，地温高，灌水方便均匀。③不应在风口上建造日光温室，以减少热量损失和风对日光温室的破坏。④不能在窝风处建造日光温室，窝风的地方应先打通风道后再建日光温室，否则，由于通风不良，会导致作物病害严重，同时冬季积雪过多对日光温室也有破坏作用。⑤建造日光温室以沙质壤土最好，这样的土质地温高，有利作物根系的生长。如果土质过黏，应加入适量的河沙，并多施有机肥料加以改良。土壤碱性过大，建造日光温室前必须施酸性肥料加以改良，改良后才能建造。⑥低洼内涝的地块不能直接建造日光温室，必须先挖排水沟后再建日光温

室；地下水位太高，容易返浆的地块，必须多垫土，加高地势后才能建造日光温室。否则地温低，土壤水分过多，不利于作物根系生长。⑦日光温室建造的方位应坐北朝南，东西延长，则日光温室内光照分布均匀。日光温室与日光温室左右之间距离，是日光温室高的2/3。日光温室与日光温室前后之间距离（前温室墙体后沿到后温室前沿的距离），是前温室最高点高度的3倍减去前温室墙体的厚度。两日光温室之间距离过大，浪费土地，过小则影响日光温室光照和通风效果，并且固定日光温室棚膜等作业也不方便。

3. 寿光Ⅰ型日光温室主要参数和建造要点有哪些

（1）结构参数 ①棚体总宽8m，后墙高1.8m，山墙3m，墙下体厚1m，墙上体厚0.9m，走道0.8m，种植区宽6.2m。②立柱5排，一排立柱（后立柱）长3.3m，地上高2.8m，至二排立柱（中立柱Ⅰ）距离2m。二排立柱长3.1m，地上高2.6m，至三排立柱（中立柱Ⅱ）距离2m。三排立柱长2.2m，地上高1.8m，至四排立柱（前立柱）距离2m。四排立柱长1.2m，地上高0.8m，至五排立柱距离0.2m。五排立柱（戗柱）长1.2m，地上长0.82m。③采光屋面参考角平均角度26.0°左右，后屋面仰角30°左右。距前窗檐4m、2m处和前檐处的切线角度，分别是14°、21.8°和26.6°左右。

（2）剖面结构 见图1-1。

寿光Ⅰ型日光温室内部结构见书前彩图1-1。

（3）建造 取得0.2m以下生土建造日光温室墙体。墙下部厚1m，顶部厚0.9m，后墙高1.8m，山尖高为3m，前窗高度为0.8m，日光温室外径宽8m。由于墙体下宽上窄，主体牢固，抗风雪能力强。后坡坡度约30°，加大了采光和保温能力。在离后墙0.7～0.8m处，先将3.3m高的水泥立柱按1.8m的间隔埋深沉0.5m，上部向北稍倾斜5°，以最佳角度适应后坡的压力。离第一排立柱向南2m处挖深0.5m的坑，东西方向按3.6m的间隔埋好

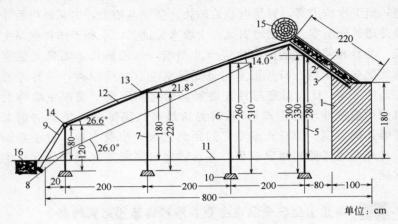

图1-1 寿光Ⅰ型日光温室剖面结构

1—后墙；2—后坡斜棒；3—后坡防水膜和玉米秸；4—后坡草泥；
5—后立柱；6—中立柱Ⅰ；7—中立柱Ⅱ；8—前立柱；9—戗柱；
10—基石；11—水平地面；12—拱杆；13—棚膜；14—横杆；
15—草苫；16—防寒沟

高 3.1m 的立柱。再向南的第三、第四排立柱，南北方向间隔均为2m，东西方向间隔均为 3.6m，埋深均为 0.5m。第三排立柱高2.2m、第四排立柱高 1.2m。第五排为戗柱，规格与第四排立柱相同，埋设时下部露出地面处与第四排立柱相隔 0.2m。立柱埋好后，在第一排每一条立柱上分别搭上一条直径不低于 10cm 的木棒，木棒的另一端搭在墙上，在离木棒顶部 25cm 处割深 1cm 的斜茬，用铁丝固定在立柱上。下端应全部与后墙接触，斜度为 45°，斜棒长度 2.1～2.3m。斜棒固定后，在两山墙外 2～3m 处，挖宽 0.7m、深 1.2m、长 6m 的坠石沟，将用 8 号铁丝捆绑好的不小于 15kg 的石头块或水泥预制块，依次排于沟底，共用 54 块坠石。拉后铁丝时，先将一端固定在附石铁丝上，然后用紧线机紧好并固定牢靠。后坡铁丝拉好后，将大竹竿固定好，再拉前坡铁丝。竹竿上面均匀布设 17 道铁丝，竹竿下面布设 3 道铁丝。铁丝拉好后，处理后坡。先铺上一层 3m 宽的农膜，然后将捆好的直径为 0.2m 的玉米秸排上一层，玉米秸上面覆土 0.3m。后坡上面再拉一道铁丝用于拴草苫。前坡铁丝拉好后固定在大竹竿上，然后每间棚绑上 5 道小竹竿，将粘好的无滴膜覆盖在棚面上，并将其四边扯平拉紧，用压膜线（见书前彩图 1-2）或铁丝压住棚膜。

4. 寿光Ⅱ型日光温室主要参数和建造要点有哪些

（1）结构参数　①日光温室总宽 10m，后墙高 2m，山墙 3.5m，墙下体厚 1m，墙上体厚 0.9m，走道 0.8m，种植区宽 8.2m。②立柱 6 排，一排立柱（后立柱）长 3.8m，地上高 3.3m，至二排立柱（中立柱Ⅰ）距离 2m。二排立柱长 3.6m，地上高 3.1m，至三排立柱（中立柱Ⅱ）距离 2m。三排立柱长 3.1m，地上高 2.6m，至四排立柱（中立柱Ⅲ）距离 2m。四排立柱长 2.2m，地上高 1.8m，至五排立柱（前立柱）距离 2m。五排立柱长 1.2m，地上高 0.8m，至六排立柱（戗柱）距离 0.2m。六排立柱长 1.2m，地上长 0.82m。③采光屋面参考角平均角度 26.5°左右，后屋面仰角 39°左右。距前窗檐 6m、4m、2m 处和前檐处的切线角度，分别是 11.3°、14.7°、21.8°和 26.6°左右。

（2）剖面结构　见图 1-2。

（3）建造　墙基部厚 1m，上部厚为 0.9m，后墙高 2m，山顶高 3.5m，山顶距前沿垂直距离为 8.1m、距后墙垂直距离为 0.9m。山墙前端高 0.8m。墙体用加模板夯成；也可用土加麦穰合成硬泥建成。后立柱地上部分高 3.3m，距后墙 0.8m，东西方向距离 2m，穴深 0.5m，向北倾斜 5°。中立柱Ⅰ，地上部高 3.1m，距后立柱 2m，东西方向间距 4m。中立柱Ⅱ，地上部分高 2.6m，距中立柱Ⅰ 2m，东西方向间距 4m。中立柱Ⅲ，地上部分高 1.8m，距中立柱Ⅱ 2m，东西方向间距 4m。前立柱，地上部分高 0.8m，距中立柱Ⅲ 2m，东西方向间距 2m。戗柱埋于前立柱以南 20cm 外，上部顶在前立柱的顶部横杆上。坠石 8～10 块，埋深 1.3～1.6m。将后坡木斜棒的上端压在后立柱上，下端埋在后墙里，坡度 45°。斜棒由立柱顶部向南超出 15cm。在后墙上按 0.75m 间距（也可

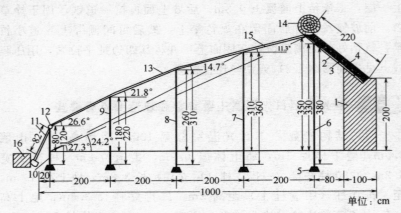

图 1-2　寿光Ⅱ型日光温室剖面结构

1—后墙；2—后坡斜棒；3—后坡防水膜和玉米秸；4—后坡草泥；
5—立柱基石；6—后立柱；7—中立柱Ⅰ；8—中立柱Ⅱ；9—中立
柱Ⅲ；10—前立柱；11—战柱；12—横杆；13—棚膜；14—草苫；
15—拱杆；16—防寒沟

按 1.5m 间距）摆放一排砖，砖上系好 1.5m 长的 14 号铁丝，然后用和好的麦草泥加高 0.2m，把砖压在泥底。铁丝做拴压膜线用。后坡斜棒顶端用直径 6.5mm 的钢筋，下部布设 4 条 8 号铁丝。拉紧后用铁钉固定在斜棒上。铺上 3m 宽的薄膜，将捆成直径 0.2m 的玉米秸排好，然后盖上 30cm 的土，把铁丝抽出。后坡完成以后，前三排立柱顶端可东西拉上 3 道直径 6.5mm 的钢筋，也可用水泥预制横梁或竹竿做横梁，然后每隔 0.75m 将一根鸭蛋粗竹竿南北向固定在横梁上。再盖上薄膜，压上压膜线。

寿光Ⅱ型日光温室外观见书前彩图 1-3。

5. **寿光Ⅲ型日光温室主要参数和建造要点有哪些**

（1）结构参数　①棚内地面比棚外地面低 50cm，即棚内面下挖 50cm。日光温室总宽 11m，后墙高 2m，山墙顶高 3.5m，墙下体厚 2m，墙上体厚 1m，走道宽 0.8m，种植区宽 8.2m。②立柱 6排，一排立柱长 3.8m，地上高 3.3m，至二排立柱距离 2m。二排立柱长 3.6m，地上高 3.1m，至三排立柱距离 2m。三排立柱长3.1m，地上高 2.6m，至四排立柱距离 2m。四排立柱长 2.2m，地上高 1.8m，至四排立柱距离 2m。五排立柱长 1.2m，地上高0.8m，至六排立柱距离 0.2m。六排立柱（戗柱）长 1.2m，地上长 0.82m。③采光屋面参考角平均角度 24.2°左右，后屋面仰角56.6°左右。距前窗檐 6m、4m、2m 处和前檐处的切线角度，分别是 11.3°、14.7°、21.8°和 26.6°左右。

（2）剖面结构　见图 1-3。

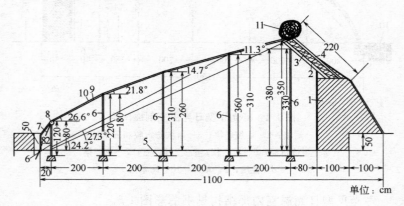

单位：cm

图 1-3　寿光Ⅲ型日光温室剖面结构

1—后墙；2—后坡斜棒；3—后坡防水膜和玉米秸；4—后坡草泥；

5—立柱基石；6—立柱；7—戗柱；8—横杆；9—拱杆；10—棚膜；11—草苫

（3）建造　其建造技术，可参照寿光Ⅱ型日光温室。

寿光Ⅲ型日光温室外观见书前彩图 1-4。

6. 寿光Ⅳ型日光温室主要参数和建造要点有哪些

（1）结构参数　①日光温室总宽 11.5m，后墙高 2.2m，山墙3.7m，墙厚 1.3m，走道 0.7m，种植区宽 8.5m。②仅有后立柱，种植区内无立柱。后立柱高 4m。③采光屋面参考角平均角度

26.3°左右，后屋面仰角 45°左右。前窗檐与距前窗檐 2m 处、前窗檐 2m 处与距前窗檐 4m 处、前窗檐 4m 处与距前窗檐 6m 处以及前窗檐 6m 处与距前窗檐 8m 处切线角度分别是 45°、21.8°、12.7° 和 7.1°。

（2）剖面结构　见图 1-4。

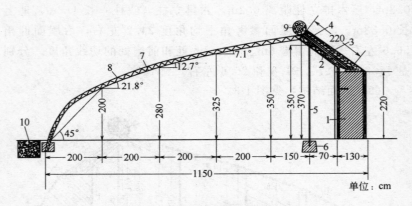

图 1-4　寿光 IV 型日光温室剖面结构

1—后墙；2—后坡斜棒；3—后坡防水膜和玉米秸；

4—后坡草泥；5—后立柱；6—立柱基石；7—花架梁；

8—棚膜；9—草苫；10—防寒沟

寿光 IV 型日光温室内部结构见书前彩图 1-5。

（3）建造　日光温室内南北向跨度 11.5m，东西长度 60m。日光温室最高点 3.7m。墙厚 1.3m，两面用 12cm 砖砌成，墙内的空心用土真实。后墙高 2.2m。前面镀锌钢管钢筋骨架，上弦 15 号镀锌管，下弦 14 号钢筋，拉花 10 号钢筋。日光温室由 16 道花架梁分成 17 间，花架梁相距 3m。花架梁上端搭接在后墙锁口梁焊接的预埋的角铁上，前端搭接在设置的预埋件上。两花架梁之间均匀布设三道无下弦 15 号镀锌弯成的拱杆上，间距 0.75m，搭接形成和花架梁一致。花架梁、拱杆东西向用 15 号钢管拉连，前棚面均匀拉接四道，后棚面均匀拉连两道，前后棚面构成一个整体。在各拱架构成的后棚面上铺设 5cm 厚的水泥预制板，预制板上铺炉渣

40cm 作保温层。

7. **寿光Ⅴ型日光温室主要参数和建造要点有哪些**

（1）结构参数　日光温室下挖 1.0m，总宽 14.2m，内部南北跨度 10.2m，后墙外墙高 3.1m，后墙内墙高 4.1m，山墙外墙顶高 3.9m，墙下体厚 4m，墙上体厚 1.5m，走道和水渠设在棚内最北端，走道宽 0.55m，水渠宽 0.25m，种植区宽 9.4m。

仅有后立柱，种植区内无立柱。后立柱地上高 4.8m。

采光屋面参考角平均角度 26.3°左右，后屋面仰角 45°左右。前窗与距前窗檐 2.3m 处、距前窗檐 2.3m 处与距前窗檐 4.3m 处、距前窗檐 4.3m 处与距前窗檐 6.3m 处的平均切线角度分别为 34.8°、24.2°、19.3°。

（2）剖面结构　见图 1-5。

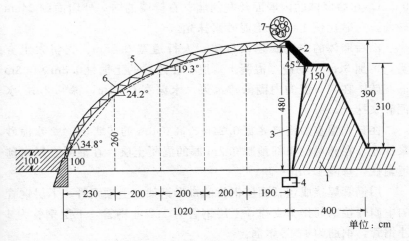

图 1-5　寿光Ⅴ型日光温室剖面结构

1—后墙；2—后坡；3—后立柱；4—立柱基石；
5—拱形钢架；6—棚膜；7—草苫

寿光Ⅴ型日光温室内部结构见书前彩图 1-6。

（3）建造　确定后墙、左侧墙、右侧墙的地基以及尺寸，日光温室南北向跨度 14.2m，东西长度不定，但以 100m 为宜。清理地基，然后利用链轨车将墙体的地基压实，修建后墙体、左侧墙、右侧墙，后墙体的上顶宽 1.5m，修建后墙体的过程中，预先在后墙体上高 1.5m 处倾斜放置 4 块 3m 长的楼板，该楼板底部开挖高 1.5m、宽 1m 的进出口，后墙体外高 3.1m，内墙高 4.1m，墙底宽 4m，后墙、左侧墙、右侧墙的截面为梯形。

将后墙的上顶部夯实整平，预制厚度为 0.2m 的混凝土层，并在混凝土层中预埋扁铁，将后墙体的外墙面铲平、铲直，铲好后再在后墙体的外墙面铺一层 0.06mm 的薄膜，然后在薄膜的外侧用水泥砌 12cm 砖墙，每隔 3m 加一个 24cm 垛，垛需要下挖，1∶3 水泥砂浆抹光。

在后墙的内侧修建均匀分布的混凝土柱墩的预埋扁铁上焊接 2.5 寸（1 寸＝3.33cm）的钢管立柱，立柱地上面高 4.8m，下埋 0.5m。在后墙体的内墙面及左侧墙、右侧墙的内、外墙面砌 24cm 砖墙，灰砂比例 1∶3，水泥砂浆抹光。

沿后墙体的内侧修建人行道，人行道宽 0.55m，先将素土夯实，再加 3cm 后的砼（混凝土）层，在砼层的上面铺 0.3m×0.3m 的花砖，在人行道的内侧修建水渠，水渠宽 0.25m，深 0.2m，水泥砂浆抹光。

在日光温室前檐修建宽 0.24m、高 0.8m 的砖墙，1∶2 水泥砂浆抹光，在砖墙的顶部预制 0.2m 厚的混凝土层，在混凝土层内预埋扁铁，每隔 1.5m 一块。

用钢管焊接成包括两层钢管的拱形钢架，上层钢管、下层钢管的中间焊接钢筋作为支撑，上层钢管为 1.2 寸钢管，下层钢管为 1 寸钢管，钢筋为 12 号钢筋。

将拱形钢架的一端焊接在立柱的顶部，另一端焊接在前檐砖墙混凝土层的扁铁上，拱形钢架与拱形钢架之间用 4 根 1 寸钢管固定连接，再用 26# 钢丝拉紧支撑，每 0.3m 拉一根，与拱形钢架平行固定竹竿。

在立柱的顶部和后墙体顶部的预埋扁铁之间焊接倾斜的角铁，

然后在后墙体顶部的预埋扁铁与立柱之间焊接水平的角铁，倾斜的角铁、水平的角铁、立柱形成三角形支架，再在倾斜的角铁外侧覆盖 10cm 的保温板，在保温板的外侧设置钢丝网，然后预制 5cm 的混凝土层。

8. 寿光Ⅵ型日光温室主要参数和建造要点有哪些

（1）结构参数　日光温室下挖 1.2m，总宽 15.4m，后墙外墙高 3.3m，山墙外墙顶 4.3m，墙下体厚 4m，墙上体厚 1.5m，内部南北跨度 11.4m，走道设在棚内最南端（与其他棚型相反），也可设在棚内北端，走道宽 0.55m，水渠宽 0.25m，种植区宽 10.6m。

立柱 6 排，一排立柱（后墙立柱）长 5.8m，地上高 5.0m，至二排立柱距离 1.0m。二排立柱长 6.0m，地上高 5.2m，至三排立柱距离 2.1m。三排立柱长 5.8m，地上高 5.0m，至四排立柱距离 2.5m。四排立柱长 5.0m，地上高 4.4m，至五排立柱距离 2.8m。五排立柱长 3.8m，地上高 3.2m，至六排立柱距离 3.0m。六排立柱（戗柱）长 1.8m，地上与棚外地面持平，高 1.2m。

采光屋面平均角度 26.8°左右，后屋面仰角 45°。前立柱与五排立柱间、五排立柱与四排立柱间和四排立柱与三排立柱间的平均切线角度，分别是 33.7°、23.2°和 13.5°左右。

（2）剖面结构　见图 1-6。

（3）建造　取 20cm 以下生土建造日光温室墙体。墙下部厚 4m，顶部厚 1.5m，后墙高 3.3m，山尖高为 4.3m，日光温室外径宽 15.4m。由于墙体下宽上窄，主体牢固，抗风雪能力强。后坡坡度约 45°，加大了采光和保温能力。在后墙处，先将 5.8m 长的水泥立柱按 1.8m 的间隔埋深 0.8m，上部向北稍倾斜 5°，以最佳角度适应后坡的压力。距第一排立柱向南 1.0m 处挖深 0.8m 的坑，东西方向按 3.6m 的间隔埋好长 6.0m 的第二排立柱。再向南的第三、四、五排立柱，南北方向间隔分别为 2.1m、2.5m、2.8m，东西方向间隔均为 3.6m，埋深分别为 0.8m、0.6m、0.6m。第三

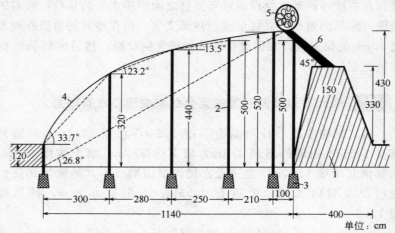

图1-6　寿光Ⅵ型日光温室剖面结构
1—后墙；2—立柱；3—立柱基石；4—棚膜；5—草苫；6—后坡

排立柱长 5.8m、第四排立柱长 5.0m、第五排立柱长 3.8m。第六排为戗柱，长 1.8m，距第五排立柱 3.0m。立柱埋好后，在第一排每一条立柱上分别搭上一条直径不小于 10cm 的木棒，木棒的另一端搭在墙上，在离木棒顶部 45cm 处割深 1cm 的斜茬，用铁丝固定在立柱上。下端应全部与后墙接触，斜度为 45°，斜棒长度为 1.75m 左右。斜棒固定后，在两山墙外 2～3m 处挖宽 0.7m、深 1.2m、长 10m 的坠石沟，将用 8 号铁丝捆绑好的不小于 15kg 的石头块或水泥预制块，依次排于沟底，共用 90 块坠石。拉后坡铁丝时，先将一端固定在附石铁丝上，然后用紧线机紧好并固定牢靠。后坡铁丝拉好后，将大竹竿（拱形架）固定好，再拉前坡铁丝。竹竿上面均匀布设 28 道铁丝，竹竿下面布设 5 道铁丝。铁丝拉好后，外理后坡。先铺上一层 3m 宽的农膜，然后将捆好的直径为 20cm 的玉米秸捆排上一层，玉米秸上面覆土 30cm。后斜坡也可覆盖 10cm 的保温板。后坡上面再拉一道铁丝用于拴草苫。前坡铁丝拉好后固定在大竹竿上，然后每间棚绑上 5 道小竹竿，将粘好的无滴膜覆盖在棚面上，并将其四边扯平拉紧，用压膜线或铁丝压住棚

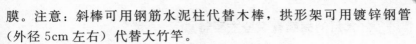

膜。注意：斜棒可用钢筋水泥柱代替木棒，拱形架可用镀锌钢管（外径5cm左右）代替大竹竿。

寿光Ⅵ型日光温室外观见书前彩图1-7。

9. 日光温室保温覆盖形式有哪几种

（1）塑料薄膜（浮膜）＋草苫＋日光温室薄膜　该形式简称"两膜一苫"覆盖形式，在山东寿光统称"日光温室浮膜保温技术"。浮膜覆盖是日光温室深冬生产蔬菜时，傍晚放草苫后在草苫上面盖上一层薄膜，周围用装有少量土的编织袋压紧，这浮膜一般用聚乙烯薄膜（见书前彩图1-8），幅宽相当于草苫的长度，浮膜的长度相当于日光温室的长度，厚度0.07～0.1mm。

该覆盖形式的优点是：保温效果好，深冬夜间棚室内温度盖浮膜的比不盖浮膜的高出2～3℃；草苫得到保护，盖浮膜的日光温室草苫比不盖的能延长使用1～2年；减轻劳动强度。此项技术在科技人员的努力下，得到了很好的推广，目前寿光市有90%的日光温室用上了这项技术。过去在冬季夜晚，如果遇到雨雪天气，都要冒雨、冒雪到日光温室上把草苫拉起，防止雨水湿了草苫或雪无法清除，如果盖上浮膜后再遇到雨雪天，可放心的在家休息，高枕无忧。

（2）塑料薄膜（浮膜）＋草苫＋日光温室薄膜＋保温幕　该覆盖形式是在"两膜一苫"覆盖形式的基础上，在日光温室内再增加一层活动的保温覆盖幕帘，可较单一的"两膜一苫"覆盖形式提高温度3～5℃。这种保温覆盖形式主要用于深冬季节，特别是出现连续阴雪天气时，其他季节一般不用。在山东寿光地区该覆盖形式统称"棚中棚"。"棚中棚"具体建造方法：在棚内吊蔓钢丝的上部再覆上一层薄膜，薄膜覆上后用夹子将其固定；在日光温室前端距棚膜50cm处，顺应日光温室棚膜的走向设膜挡住；在日光温室后端、种植作物北边，上下扯一层薄膜，其高度与上部膜一致，该膜不固定，以便于通风排湿。如此操作，形成"棚中棚"。

🔵 10. 常用的棚膜有哪些主要特点

目前我国生产的棚膜主要有以下几种。

（1）PE普通棚膜　这种棚膜透光性好，无增塑剂污染，尘埃附着轻，透光率下降缓慢，耐低温（脆化温度为－70℃）；密度小（0.92kg/m³），相当于PVC棚膜的76%，同等重量的PE膜覆盖面积比PVC膜增加24%；红外线透过率高达87%～90%，夜间保温性能好，且价格低。缺点是透湿性差，雾滴重；不耐高温日晒，弹性差，老化快，连续使用时间通常为4～6个月。日光温室上使用基本上每年都需要更新。

（2）PE长寿（防老化）棚膜　在PE膜生产原料中，按比例添加紫外线吸收剂、抗氧化剂等，以克服PE普通棚膜不耐高温日晒、易老化的缺点。目前我国生产的PE长寿膜厚度一般为0.12mm，宽度规格有1.0m、2.0m、3.0m、3.5m等，可连续使用2年以上。其他性能特点与PE普通膜相似。PE长寿棚膜是我国北方高寒地区扣棚越冬覆盖较理想的棚膜，使用时应注意减少膜面积尘，以保持较好的透光性。

（3）PE复合多功能膜　在PE普通棚膜中加入多种特异功能的助剂，使棚膜具有多种功能。如北京塑料研究所生产的多功能膜，集长寿、全光、防病、耐寒、保温为一体，在生产中使用反应效果良好，同样条件下，夜间保温性比普通PE膜提高1～2℃，每亩棚室使用量比普通棚膜减少30%～50%。复合多功能膜中如果再添加无滴功能，效果将更为全面、突出。

（4）PVC普通棚膜　透光性能好，但易沾吸尘埃，且不容易清洗，污染后透光性严重下降。红外线透过率比PE膜低（约10%），耐高温日晒，弹性好，但延伸率低。透湿性较强，雾滴较轻；密度大，同等重量的覆盖面积比PE膜小20%～25%。PVC膜适于作夜间保温性要求高的地区和不耐湿作物设施栽培的覆盖物。

（5）PVC双防膜（无滴膜）　PVC普通棚膜原料配方中按一定配比添加增塑剂、耐候剂和防雾剂，使棚膜的表面张力与水相同或相近，薄膜下面的凝聚水珠在膜面可形成一薄层水膜，沿膜面流入棚室底部土壤，不至于聚集成露滴久留或滴落。由于无滴膜的使用，可降低棚内的空气相对湿度；露珠经常下落的减少可减轻某些病虫害的发生；更值得说明的是，由于薄膜内表面没有密集的雾滴和水珠，避免了露珠对阳光的反射和吸收，增强了棚室光照，透光率比普通膜高 30% 左右。晴天升温快，每天低温、高温、弱光的时间大为减少，对设施中作物的生长发育极为有利。透光率衰减速度快，经高强光季节后，透光率一般会下降到 50% 以下，甚至只有 30% 左右，旧膜耐热性差，易松弛，不易压紧。同时，PVC 无滴棚膜与其他棚膜相比，密度大，价格高。

（6）EVA 多功能复合膜　针对 PE 多功能膜雾度大、流滴性差、流滴持效时间短等问题研制开发的高透明、高效能薄膜。其核心是用含醋酸乙烯的共聚树脂，代替部分高压聚乙烯，用有机保温剂代替无机保温剂，从而使中间层和内层的树脂具有一定的极性分子，成为防雾滴剂的良好载体，流滴性能大大改善，雾度小，透明度高，在日光温室上应用效果最好。

11. 日光温室怎样覆盖薄膜

（1）覆膜准备　①人员准备。以东西长 100m、跨度 9.5m 的日光温室为例，至少需要 20 人参与。②薄膜准备。日光温室薄膜共分两幅，一幅屋面棚膜，另一幅为放风棚膜。前者建议选购透光率高、无滴消雾性强、寿命长的 EVA 或 PO 等薄膜，以长度为 98m 左右、宽度为 10.5m 左右为宜，并且棚膜上端一边粘上一道 2cm 的"裤"，裤里穿上 22 号钢丝，以备上棚膜后，通过东西拉紧钢丝，固定天窗通风口的宽度防止棚膜松动。后者以选购普通棚膜为宜，长度与前者相同，宽度约 3m 左右，在每一个边都粘合上一道 2cm 宽的"裤"，穿上 22 号钢丝，作为盖敞天窗通风口用。③工具准备。钳子、紧线机、竹竿、铁丝、钢丝、压膜绳等若干。

（2）覆盖屋面棚膜　宜选择晴天、无风的下午进行，覆盖屋面棚膜可分四大步骤。第一步：拉膜上棚。如从日光温室东边，需

20 人，每隔 5m，依次抬起棚膜，沿着日光温室前面，将棚膜一端抬到日光温室西边。而后，再有其中的 10 人拉起（粘有"裤"的）棚膜一边，从日光温室底部上去，沿着拱杆向上走，将薄膜拉上棚面，剩下的 10 人在原地抱着棚膜，帮助另外 10 人拉膜。第二步：固定膜上端。方法为，把钢丝这一端固定在一边棚墙处的地锚上，钢丝另一端用紧线机固定后固定在另一边棚墙处的地锚上。最后用铁丝，把棚膜上端捆绑在竹竿上，每隔一竹竿，捆绑 1 次。注意捆绑后的铁丝头要往下，避免扎破放风棚膜。第三步：固定膜两端。先用该处棚膜边沿将长约 10m 的竹竿包好，而后，10 人拿起竹竿往下拽，待将其拽紧后，便可用铁丝将其固定在地锚上，约 50cm 固定一处。为了加强牢固性，建议铁丝在钢丝上呈"S"形缠绕。按照同样的方法，再将棚东边的棚膜端固定。第四步：埋压膜前端。在日光温室前沿处，需 5 人从棚东边，用竹竿卷上棚膜前端，下拽拉紧棚膜后，另 5 人用土埋压棚膜，并踩实。

（3）覆盖放风棚膜　上完屋面棚膜，随即上天窗通风口敞盖膜，将其有裤鼻的一边在南边，（即天窗通风口南边），先把穿在裤鼻里的 22 号钢丝联同薄膜一块轻轻地伸展开，当此膜压在整体膜上方靠南 20cm 处（即盖过天窗通风口），拉紧固定在两山地锚上。后边盖过棚脊并向后盖过后坡将其拉紧，用泥把盖在后坡及棚脊上的一边压住，并泥严，以防止透风。

（4）上压膜绳　按照覆盖屋面棚膜的方法，将放风棚膜覆盖后，需上压膜绳，以加强棚膜的牢固性。压膜绳上端系在棚顶部的地锚上，下端系在棚前沿的地锚上，可每隔 2m 加一处压膜绳。重点是拉紧、固牢。

12. 如何正确使用压膜线压膜

　　压膜线压膜即温室盖上棚膜将棚膜四周固定后，在棚膜上面南北拉上压膜线（每隔 0.75～1m 一根，膜前固定在地锚上，在温室的后坡上提前固定好一根不低于 8 号的铁丝，将压膜线的北段固定在铁丝上），将棚膜压住，防止棚膜被风刮起，此法代替了过去用小竹竿压膜的方法，增加了透光率。这是因为压膜线比竹竿细，遮光少，温室内进光多，有利于提高棚室内温度，促进光合作用。

压膜线最好选用尼龙绳。该技术刚兴起时使用钢丝压膜，现在之所以用尼龙绳代替钢丝，主要是因为钢丝容易损坏棚膜，尤其是安装了卷帘机的温室，卷帘机在上下滚动的过程中，很容易将有钢丝地方的棚膜压破。冬天棚膜破裂后如果发现不及时，棚内温度降低更快，严重影响棚内茄子长势。用钢丝压膜在风力较大时，棚膜上下起伏幅度较大，因为钢丝很细（直径在 0.2～0.3cm），与棚膜的接触面积较小，这样棚膜也很容易被钢丝勒破，而尼龙绳较粗（一般直径在 0.5～0.8cm），接触面积大，发生压膜绳勒坏棚膜的可能性会大大降低。但要注意在大棚拐角处放上点碎布或自行车外胎压于尼龙绳底下，以减少转角处尼龙绳对棚膜的损坏。

13. 草苫必须符合什么样的要求？覆盖形式有哪几种

（1）对草苫的要求　①草苫要厚。一般成捆的草苫平均厚度应不小于 4cm。②草苫要新。新草苫的质地疏松，保温性能比较好，陈旧草苫质地硬实，保温效果差，不宜选用。另外，要选用用新草打制的草苫，不要选用陈旧草或发霉草打制草苫。③草苫要干燥。干燥的草苫质地疏松，保温性好，便于保存，而且重量轻，也容易卷放。④草苫的密度要大。密度大的草苫保温性能好，最好用人工打制的草苫，不要用机器打制的草苫，机器打制的草苫多比较疏松，保温性差，也容易损坏。⑤草苫的经绳要密。经绳密的草苫不容易脱把、掉草，草把间也不容易开裂，草苫的使用寿命长，保温性能也比较好。一般幅宽 1.2m 的草苫，经绳道数应不少于 8 道。

（2）草苫的覆盖形式　日光温室草苫主要分"品"字形法（平压法）、"川"字形法（斜压法）和混合法 3 种方法。

"品"字形法。该法上的草苫易于卷放，操作灵活，但防风能力差，草苫剪叠压不严密，保温效果一般，适于风害较轻、冬季不甚严寒的地区。

"川"字形法。该法是顺着风向叠放草苫，防风效果好，草苫间叠压严实，保温效果也比较好，适于多风地区以及冬季比较寒冷的地区。另外，该形式的草苫排列整齐，也适合机械卷放草苫。斜"川"字形法的主要缺点是草苫卷放不方便，只能从一边开始卷放，人工操作时，需要时间较长，也容易造成日光温室内部环境差异过大。

混合法。该法是将草苫分成若干组，一般每 10 个左右草苫为一组，组内采取"川"字形法，组间一草苫采取"品"字形法。该法较好的综合了"品"字形法和"川"字形法的优点，在冬季多风地区应用比较广泛。

冬季我国北方大部分地区多风、风大，容易刮跑草苫，因此从防风角度讲，应当选择防风效果比较好的"川"字形法和混合法。具体上苫方法还应根据草苫的卷放方法进行选择。

一般用机械卷放草苫，应当选择"川"字形法上草苫，增强草苫的抗风能力，并有利于保持较好的卷苫质量。如果人工卷放草苫，为提高草苫卷放率，缩短卷放草苫的时间，适宜采用混合法。

为增强草苫的防风保温能力，草苫间的压缝宽不应小于 0.2m。

14. **如何设置顶风口？顶风口处设挡风膜有什么样的好处**

（1）顶风口的设置　见书前彩图 1-9。日光温室前屋面的上面留出一条长宽 0.5～0.8m 的通风带，通风带用一幅宽 2～3m 的窄膜单独覆盖。窄幅膜的下边要折叠起一条缝，缝边粘住，缝内包一根细钢丝，上膜后将钢丝拉直。包入钢丝的主要作用，一是放风口合盖后，上下两幅膜能够贴紧，提高保温效果；二是开启通风口时，上下拉动钢丝，不损伤薄膜；三是上下拉动放风口时，用钢丝带动整幅薄膜，通风口开启的质量好，功效也高。

（2）通风滑轮的应用　原来的日光温室覆盖的棚膜为一个整体，通风要一天几次爬到棚顶上去，既增加了劳动强度，又不安全；而通风滑轮的应用是一个日光温室上覆盖大（覆盖温室的宽棚膜，即屋面棚膜）、小（覆盖顶风口的窄幅膜，即放风膜）2 块棚膜，通过滑轮和绳索进行调节通风口的大小（见书前彩图1-10），既节约时间，又安全省事。

安装方法：如图1-7所示，将定滑轮A和B固定窄幅膜下的棚架下方（在膜下面），定滑轮C固定在宽幅膜下的棚架上（在膜上面），为保护棚膜，

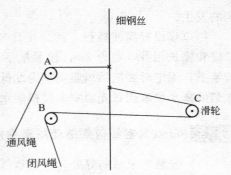

图1-7　通风滑轮安装示意

可把定滑轮C固定在压膜线上，把放风绳、闭风绳的一端均拴在窄幅膜下边的细钢丝上，最后将通风绳绕过定滑轮A、闭风绳依次绕定滑轮B和定滑轮C即可。放风时，拉动通风绳；闭风时，拉动闭风绳。平常为了预防放风口扩大或缩小，可把两绳拉紧系在棚内的立柱或钢丝上。

（3）顶风口处设挡风膜　在冬季，尤其是深冬期，在日光温室放风口处设置挡风膜（见图1-8、书前彩图1-11）是非常必要的。好处：一是可以缓冲棚外冷风直接从风口处侵入，避免冷风扑苗；二是因放风口处的棚膜多不是无滴膜，流滴较多，设置挡风膜可以防止流滴滴落在下面的茄子叶片上。

在夏季，挡风膜可阻止干热风直接吹在茄子叶片上，减轻病毒

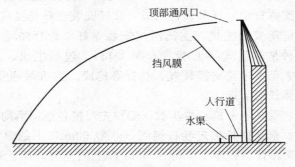

图1-8　挡风膜的设置

病的发生。

挡风膜设置简便易行，就是在日光温室风口下面设置一块膜，长度和棚长相等，宽为 2m，拉紧扯平，固定在日光温室的立柱和竹竿上，固定时要把挡风膜调整为北低南高的斜面，以便使挡风膜接到的露水顺流到日光温室北墙根的水渠内。

15. 日光温室如何安装使用卷帘机

（1）安装卷帘机的好处　卷放草苫是日光温室生产中经常而又较繁重的一项工作，耗费工时较多，设置卷帘机可达到事半功倍之效果。传统的日光温室冬季覆盖物为草苫。这些覆盖物的起放工作量大、劳动环境差。实践证明：使用电动卷帘机，不仅大大延长了光照时间，增加了光合作用，更重要的是节省劳动时间，减轻了劳动强度。据调查，日光温室在深冬生产过程中，每亩日光温室人工控帘约需 1.5h，而卷帘机只需 8min 左右，太阳落山前，人工放帘需用约 1h 左右，由此看来，每天若用卷帘机起放草苫，比人工节约近 2h 的时间。同时延长了室内宝贵的光照时间，增加了光合作用时间。另外使用电动卷帘机对草苫保护性好，延长了草苫的使用寿命，既降低生产成本，同时因其整体起放，其抗风能力也大大增强。目前，寿光市 80% 的日光温室用上了卷帘机。

（2）日光温室卷帘机类型　目前使用的卷帘机有两大类型。一种是前屈伸臂式（见书前彩图 1-12），包括主机、支撑杆、卷杆三大部分，支撑杆由立杆和横杆构成，立杆安装在日光温室前方地桩上，横杆前端安装主机，主机两侧安装卷杆，卷杆随棚体长短而定；另一种是轨道式（见书前彩图 1-13），包括主机、三相电动机、轨道大架、吊轮支撑装置、卷杆等构成。主机两侧安装卷杆，卷杆随棚体长短而定。

（3）屈臂式卷帘机安装步骤　①预先焊接各连接活动结、法兰盘到管上；根据棚长确定卷杆强度（一般 60m 以下的温室用直径 60mm 高频焊管、壁厚 3.5mm；60m 以上的温室，除两端各 30m 用直径 60mm 管外，主机两侧用直径 75mm、壁厚 3.75mm 以上的高频焊管）和长度；焊接卷杆上的间距0.5m一根的高约3cm的圆钢，立杆与支撑杆的长度和强度：在机头与立杆支点在同一水平的前提下，支撑杆长度比立杆短20～30cm；长度超过60m的日光温室一般支撑杆需用双管（图1-9）。②将棚上草苫从中间向两边依次放下，平铺或一压二铺，不能交搭铺草苫，下边对齐，在上层每块草苫下铺一条无松紧的绳子，并将绳子在棚沿头上约20cm处从草苫底下穿到上面自然下垂到卷杆处，不要绑在杆上。③在棚前约正中两根棚之间，距棚1.5～2m处做立杆支点，用直径60mm长约80cm左右焊管与立杆"T"形焊接作为底座立在地平面，并在底座南侧砸两根圆钢以防往南蹽走。④横杆铺好并连接，连接支撑

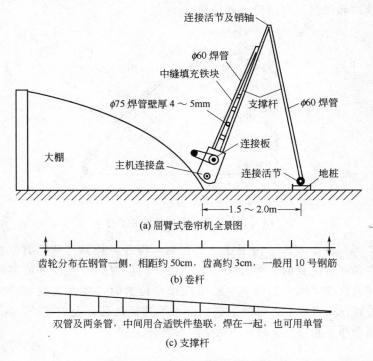

图 1-9　屈臂式卷帘机安装示意

支撑杆与立杆的长度计算：①立杆和撑杆长度的总和等于棚内实种宽度加5cm；

②立杆要比撑杆长约20～30cm

杆与主机。⑤以活结和销轴连接支撑杆与立杆并立起来。⑥从中间向两边连接卷杆并将卷杆放在草苫上。⑦将草苫绑到卷杆上（只绑底层的草苫）上层的草苫自然下垂到卷杆处。⑧连接倒顺开关及电源。⑨试机，在卷的慢处垫些旧草苫以调节卷速，直至卷出一条直线。

（4）轨道式卷帘机安装步骤　在安装前两天先将地脚预埋件用混凝土埋于地下，位置在温室总长的中部并且距温室棚面前方2～3m的地方。并在正对地脚预埋件温室后墙上固定预埋件。将轨道大架的前端固定在地脚预埋件上，后端固定在温室后墙预埋件上。轨道高出棚面至少0.7m，一般为1～1.5m。然后将机头安装在三角形轨道上，并按要求安装机头、电器及连接卷轴。如图1-10所示。草苫的铺放和试机等同屈臂式卷帘机。

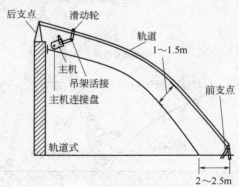

图1-10　轨道式卷帘机安装示意

（5）操作方法　由下往上卷帘时，将开关拨到"顺"的位置，卷帘到预定位置时，将开关拨回"关"的位置。由上往下放帘时，将开关拨到"倒"的位置，放帘到预定位置时，将开关拨回"关"的位置。如遇停电，可将手摇柄插入手摇柄插孔，人工摇动。顺时针摇动向上卷帘，逆时针摇动则向下放帘。

16. 日光温室如何科学张挂反光幕

在日光温室栽培畦北侧或靠后墙部位张挂反光幕，有较好的增温补光作用,是日光温室冬季生产或育苗所必需的辅助设施(见书前彩图1-14)。

(1)应用效果 ①日光温室内张挂反光幕可明显增加棚室内的光照强度,尤以冬季增光率更高。从进行反光幕张挂的研究表明,反光幕前0～3m,地表增光率为9.1%～44.5%,空中增光率为9.2%～40.0%。反光幕的增光率随着季节的不同而表现差异,在冬季光照不足时增光率大,春季增光率较小;晴天的增光率大,阴天的增光率小,但也有效果。②可提高气温和地温。反光幕增加光照强度,明显地影响气温和地温,反光幕2m内气温提高3.5℃,地温提高1.9～2.9℃。③育苗时间缩短,秧苗素质提高,同品种、同苗龄的幼苗株高、茎粗、叶片数均有增加。④改善了棚内小气候,植株的抗病能力增强,减少农药使用和污染。⑤张挂反光幕日光温室的茄子产量、产值明显增加,尤其是冬季和早春增效更明显。

(2)应用方法 主要有单幅垂直悬挂法、单幅纵向粘接垂直悬挂法、横幅粘接垂直悬挂法、后墙板条固定法4种张挂方法。生产上多随日光温室走向,面朝南,东西延长,垂直悬挂。张挂时间一般在11月末到翌年的3月。最多延至4月中旬。张挂步骤如下(以横幅粘接垂直悬挂法为例):使用反光幕应按日光温室内的长度,用透明胶带将50cm幅宽的3幅聚酯镀铝膜粘接为一体。在日光温室中柱上由东向西拉铁丝固定,将幕布上方折回,包住铁丝,然后用大头针或透明胶布固定,将幕布挂在铁丝横线上,自然下垂,再将幕布下方折回3～9cm,固定在衬绳上,将绳的东西两端各绑一根竹棍固定在地表,可随太阳照射角度水平北移,使其幕布前倾75°～85°。也可把50cm幅宽的聚酯镀铝膜,按中柱高度剪裁,一幅幅紧密排列并固定在铁丝横线上。150cm幅宽的聚酯镀铝膜可直接张挂。

(3)注意事项 定植初期,靠近反光幕处要注意灌水,水分要充足,以免光强温高造成灼苗。使用的有效时间为11月至翌春4月。对无后坡日光温室,需要将反光幕挂在北墙上,要把镀铝膜的正面朝阳，否则膜面离墙太近，因潮湿造成铝膜脱落。每年用后，最好经过晾晒再放于通风干燥处保管，以备再用。

反光幕必须在保温达到要求的日光温室才能应用。如果保温不好，光靠反光幕来提高棚室内的气温和地温，白天虽然有效，但夜间也难免受到低温的危害。因为反光幕的作用主要是提高棚室后部的光照强度和昼温，扩大后部昼夜温差，从而把后部的增产潜力挖掘出来。

17. 如何正确使用安装防虫网

见书前彩图 1-15。

（1）防虫网的作用　①防虫。茄子覆盖防虫网后，基本上可免除菜青虫、小菜蛾、甘蓝夜蛾、斜纹夜蛾、黄曲跳甲、猿叶虫、蚜虫等多种害虫的为害。据试验，防虫网对菜青虫、小菜蛾、美洲斑潜蝇防效为 95％左右，对蚜虫防效为 90％。②防病。病毒病是茄子上的灾难性病害，主要是由昆虫特别是蚜虫传病。由于防虫网切断了害虫这一主要传毒途径，因此，大大减轻茄子病毒的侵染，防效为 80％左右。

（2）网目选择　购买防虫网时应注意网目（孔径）大小。茄子生产上以 25～40 目为宜，幅宽 1～3m。白色或银灰色的防虫网效果较好。防虫网的主要作用是防虫，其效果与防虫网的目数有关，目数即在 25.4mm 见方的范围内有经纱和纬纱的根数，目数越多，防虫的效果越好，但目数过多会影响通风效果。防虫网的目数是关系到防虫性能的重要指标，栽培时应根据防止虫害的种类进行选取，一般茄子生产中多采用 25～40 目的防虫网，使用防虫网一定要注意密封，否则难以起到防虫的效果。

（3）覆盖形式　日光温室前部和通风天窗最好安装 25～40 目的防虫网（因夏季虫多）（见书前彩图 1-16），这样，既利于通风又防虫。见图 1-11。为提高防虫效果必须注意以下两点。一是全生长期覆盖。防虫网遮光较少，无需日盖夜揭或前盖后揭，应全程覆盖，不给害虫有入侵机会，才能收到满意的防虫效果。二是土壤

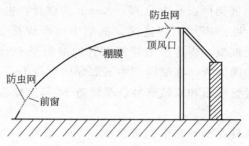

图 1-11　日光温室防虫网覆盖方式

消毒。在前作收获后，及时将前茬残留物和杂草搬出田间，集中烧毁。全田喷洒农药灭菌杀虫。

18. 日光温室中如何安装和使用运货吊车

一个日光温室要运出几万斤茄子，是一个很大的工作量，而有一个运货的滑轮吊车，即使一个力气平常的人，也可以承担这些工作。

（1）工作原理　如图 1-12、书前彩图 1-17 所示，轨道运输车是在温室后部的人行道上沿滑轮轨道运行，运载重物，通过推或拉达到运输重物的目的。

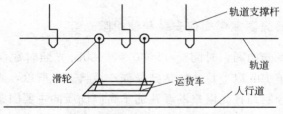

图 1-12　日光温室运货吊车安装示意

（2）使用材料　滑轮直径 6cm，必须用钢制作。经过试验，使用铸铁或塑料做的滑轮，承重小，使用寿命短。

滑轮与框架的连接件使用钢筋和钢管，钢筋直径 1cm，长 20～30cm。钢管内径 25～30mm，长 100cm，钢管与框架、钢管与滑轮转轴之间用钢筋电焊连接。

运输车的框架可以是内径 15～20mm 的钢管，也可以是 4cm×
4cm 的角钢。四边框用电焊连接。框架中间再焊接 2 根钢管或角
钢。也可不用框架，将连接滑轮两钢管均缩短至 50cm，并两钢管
下端焊接一横向钢管，在横向钢中下部焊接直径 1cm 的钢筋挂钩。

轨道可设置单轨和双轨两种，单轨道 24 号钢丝、双轨道 20 号
钢丝。

轨道支撑杆由钢丝和窄钢板组成，钢丝型号为 20 号，窄钢板
厚度为 0.5cm，宽 3～4cm，长 40cm 左右，加工成 "J" 形。

（3）轨道安装　轨道需要吊在温室内后部人行道处的空中，与
温室后墙的水平距离为 35cm，与地面的距离为 200cm。钢丝穿过
温室两山墙，两端固定在附石（地锚）铁丝上，然后用紧线机紧好
并固定牢靠。每间温室设置一轨道支撑杆，支撑杆由钢丝和 "J"
钢板两部分组成，"J" 钢板较长端固定在钢丝上，另一端焊接在
轨道下端，且 "J" 钢板两边要与轨道垂直，使滑轮正好从 "J"
中间通过。钢丝的另一端固定在温室后坡支架上。将滑轮和框架安
装在轨道上即使用。

（4）使用年限　正常情况下，日光温室轨道运输车可使用10～
20 年。

19. 日光温室中如何安装和使用阳光灯

因冬季光照弱、时间短，9000～20000lx 光照时数仅有6～7h，
而茄子要求 10h 以上，才能达到最佳产量状态，所以，光照不平衡
已成为当今制约日光温室冬春茬茄子高产优质的主要因素。为了解
决日光温室增产问题，寿光市引进了阳光灯（见书前彩图 1-18）
技术，解决了冬季日光温室因光照不足带来的弱秧低产问题。

（1）安装　①阳光灯配套件为 220V/36W 灯管，配相应倍率
的镇流器灯架，每天在无光时可照射 17m² 面积，弱光时可照射
30～60m²。因太阳光受云层影响，时弱时强，茄子需光强度为
10000～40000lx，苗期和生育期有别。安装时，每灯都设开关，以

便根据生物生长需求和当时光强度进行调节。②用 220V/50Hz 电源供电，电源线与灯总功率匹配。电源线用铜线，直径不少于 1.5mm，接头用防水胶布封严。

（2）应用方法　一是育苗期，早上 7～9 时，下午 16～18 时，与太阳一并形成 9～11h 日照，培育壮苗；二是连阴雨天，全天照射，可避免根萎秧衰；三是结果期，早上或下午室温 15℃以上，但光照强度在 9000～20000lx 以下时，便可开灯补光。

20. 如何设置日光温室棚膜擦拭 "飘带"

棚膜上的水滴、碎草、尘土等杂物，会使透光率下降 30％左右。新薄膜在使用过程中，随着使用时间的延长，棚内光照会逐渐减弱。因此，要经常清扫，保持棚膜洁净，以增加棚膜的透明度。寿光市的菜农在棚膜上设 "飘带" 擦拭棚膜的方法简便易行，能自动擦净棚膜，很有推广价值。

飘带设置方法：在新上棚膜的日光温室上每隔 1.2m 设置一条宽 6～10cm，比棚膜宽度长 0.5～1m 的布条（见书前彩图 1-19），两头分别系在温室上部放风口和棚前帘的压膜线上，利用风力使布条摆动除尘，这样布条不会对棚膜造成划伤。

但要注意，布条中间摆幅最大，除尘率可达 80％以上，两头摆幅最小，除尘率不足 50％，所以菜农还要及时利用抹布将温室南北两端棚膜上的尘土擦去。

二、优良品种

21. 如何识别并使用主栽品种大黑龙

见书前彩图 2-1。

（1）品种来源　从日本泷井种苗株式会社引进。

（2）特征特性　早熟，丰产。果长 35～40cm，单果重 350～500g。果浓黑紫色，有光泽，在高温、干旱条件下不易退色。肉质细密，品质佳，僵果少，商品率高。生长势及耐热性强，栽培容易。

（3）适作茬口　早春和秋延迟种植。

22. 如何识别并使用主栽品种娜塔丽

见书前彩图 2-2。

（1）品种来源　从荷兰瑞克斯旺公司引进。

（2）特征特性　植株开展度大，花萼中等大小，叶片中等大小，萼片无刺，早熟。丰产性好，生长速度快，采收期长。果实长形，果长 25～35cm，直径 6～8cm，单果重 400～450g。果实紫黑色，质地光滑油亮，果实顺直，绿把、绿萼，比重大，味道鲜美。货架寿命长，商业价值高。周年栽培亩产 18000kg 以上。

（3）适作茬口　冬季温室和早春保护地种植。

23. 如何识别并使用主栽品种黑丽人长茄

见书前彩图 2-3。

（1）品种来源　济南茄果良种研究中心选育。

（2）特征特性　早中熟杂交一代品种，生长强健，分枝力强，坐果率高，果实生长速度快。果实长直棒状，果长 25～30cm，横径 7cm 左右，平均单果重 400g 左右，果色紫黑油亮，无青头顶，无阴阳面，畸形果少，耐运输，商品性好，货架期长。耐低温弱光，低温苗下坐果能力明显强于同类产品，耐黄萎病，产量高，日光温室周年栽培，最高亩产可达 20000kg。

（3）适作茬口　早春保护地种植。

24. 如何识别并使用主栽品种京茄 2 号

（1）品种来源　北京市农林科学院蔬菜研究中心选育的一代杂种。

（2）特征特性　植株生长势强，叶色浓绿，叶片大，茎粗壮，连续结果能力强，果实发育速度快，平均单株结果数 10 个以上。果实圆球形，单果重 500～750g。果皮紫黑发亮，果肉浅绿白色，肉质致密细嫩、品质佳。中早熟种，植株再生能力强，不易衰老，抗黄萎病能力强，适应性广。

（3）适作茬口　保护地早春、秋延迟栽培。

25. 如何识别并使用主栽品种布利塔

见书前彩图 2-4。

（1）品种来源　从荷兰瑞克斯旺公司引进。

（2）特征特性　属长茄类型。植株开展度大，花萼小，叶片中等，无刺，早熟，丰产性好，生长速度快，采收期长。果实长形，平均果长 25～35cm，直径 6～8cm，单果重 400～450g，果实紫黑色，绿把、绿萼，质地光滑油亮，比重大，味道鲜美。货架寿命长，商业价值高。亩产 18000kg 以上。

（3）适作茬口　冬季温室和早春保护地种植。

26. 如何识别并使用主栽品种爱丽舍

见书前彩图 2-5。

（1）品种来源　从荷兰瑞克斯旺公司引进。

（2）特征特性　属长茄类型。植株生长旺盛，开展度大，花萼小，叶片中等大小，无刺，早熟，丰产性好，生长速度快，采收期长。果实长形，平均果长35～40cm，直径5～7cm，单果重300～350g，果实紫黑色，绿把、绿萼，质地光滑油亮，比重大，味道鲜美。货架寿命长，商业价值高。亩产18000kg以上。

（3）适作茬口　冬季温室和早春保护地种植。

27.　如何识别并使用主栽品种快圆茄

见书前彩图2-6。

（1）品种来源　系由天津市优良农家品种经提纯、选育而成的早熟品种。

（2）特征特性　株高50～60cm，开展度较小，茎绿紫色，叶绿色，叶柄及脉浅绿色。门茄多着生于6～7节。果实圆球形，稍扁，果实直径10cm左右，果皮深紫色，有光泽，单果重约500g。耐寒，果肉细而紧，品质和外观均佳。

（3）适作茬口　保护地早春栽培。

28.　如何识别并使用主栽品种西安绿茄

见书前彩图2-7。

（1）品种来源　引进西安。

（2）特征特性　早熟种，株高60～67cm，6～7叶结第一果，单果重250～300g，卵圆形，浅绿色，肉质疏松，品质上乘。亩产3500～4000kg。

（3）适作茬口　日光温室越冬、早春茬栽培。

29.　如何识别并使用主栽品种秦皇绿长茄

见书前彩图2-8。

（1）品种来源　西安秦皇种苗有限公司最新选育的杂交一代绿茄优良品种。

（2）特征特性　株高 60～80cm，早熟性好，6～7 叶着生门茄，果实长棒形，鲜绿色，有光泽，果形顺直，品质细嫩。果长25～30cm，横径 8～10cm，单果重 450～650g。长势强，坐果集中，耐寒耐热，抗病性好。

（3）适作茬口　日光温室早春栽培。

30. 如何识别并使用主栽品种农友长茄

见书前彩图 2-9。

（1）品种来源　从农友种苗有限公司引进。

（2）特征特性　植株直立，株高 1.3m 左右，茎绿紫色，具白色茸毛。叶绿色，叶脉紫色，叶浅缺刻波浪状。全生育期 270 天左右，从移栽到开始采收约 60 天。第一花着生于 9～10 节，花紫红色，单花或多花序。果长棒状，皮紫红色，果长 30～45cm，果径 3.5～5.0cm，单果重 200～300g，果内乳白色。

（3）适作茬口　越夏延秋栽培。

31. 如何识别并使用主栽品种利箭

（1）品种来源　从荷兰奔司马种子公司引进。

（2）特征特性　属中晚熟一代杂种，植株生长旺盛，开展度大，果形整齐一致。果长 25～35cm，直径 4～6cm。单果重 200～300g。果实黑色，有光泽。花萼小，绿色。果梗绿色，较长。果肉致密紧实，口感好，无苦味。易采收。商品性好，耐储运。该品种连续坐果能力强，产量高而稳定。日光温室高产栽培每亩产量可达 15000kg 左右。

（3）适作茬口　日光温室越冬栽培。

32. 如何识别并使用主栽品种安德烈

（1）品种来源　从荷兰瑞克斯旺公司引进。

（2）特征特性　植株生长旺盛，开展度大，花萼小，叶片中等大小，无刺，早熟，丰产性好，采收期长，可适应于不同季节种植。果实灯泡形，直径 8~10cm，长度 22~25cm，单果重 400~450g，果实紫黑色，绿把，绿萼。质地光滑油亮，比重大，果实整齐一致，味道鲜美。货架寿命长，商业价值高。亩产 15000kg 以上。

（3）适作砧口　冬季温室、秋延迟和早春保护地种植。

33. 如何识别并使用主栽品种尼罗

（1）品种来源　从荷兰瑞克斯旺公司引进。

（2）特征特性　植株开展度大，花萼小，叶片小，无刺，早熟，丰产性好，采收期长。果实长形，平均果长 28~35cm，单果重 250~300g，果实紫黑色，绿把，绿萼，质地光滑油亮，比重大，味道鲜美。货架寿命长，商业价值高。

（3）适作砧口　冬季温室和早春保护地种植。

34. 如何识别并使用主栽品种东方长茄

（1）品种来源　从荷兰瑞克斯旺公司引进。

（2）特征特性　植株开展度大，花萼中等大小，叶片中等大小，无刺，早熟，丰产性好，生长速度快，采收期长。果实长形，平均果长 25~35cm，直径 6~9cm，单果重 400~450g，果实紫黑色，质地光滑油亮，比重大，味道鲜美。货架寿命长，商业价值高。亩产 18000kg 以上。

（3）适作砧口　冬季温室和早春保护地种植。

35. 如何识别并使用主栽品种月神

（1）品种来源　从法国威迈种子公司引进。

（2）特征特性　植株生长旺盛，开展度大，花萼小，叶片中等大小，早熟，丰产性好，生长速度快，采收期长。果实长形，平均果长 30~35cm，直径 4~6cm，单果重 250~300g，果实紫黑色，绿把，绿萼，质地光滑油亮，比重大，味道鲜美。货架寿命长。

（3）适作茬口　冬季温室和早春保护地种植。

36. 如何识别并使用主栽品种卡拉奇

（1）品种来源　从法国威迈种子公司引进。

（2）特征特性　植株生长旺盛，开展度大，花萼小，叶片中等大小，早熟，丰产性好，生长速度快，采收期长。果实长形，平均果长 30～35cm，直径 4～5cm，单果重 260～300g，果实紫黑色，绿把，绿萼，质地光滑油亮，比重大，味道鲜美。

（3）适作茬口　冬季温室和早春保护地种植。

37. 如何识别并使用主栽品种 10-903

见书前彩图 2-10。

（1）品种来源　从荷兰瑞克斯旺公司引进。

（2）特征特性　植株开展度大，花萼小，叶片小，无刺，早熟，丰产性好，生长速度快，采收期长。果实长形，果长 25～30cm，直径 6～8cm，单果重 300～350g。果实表皮和果肉均为白色，质地光滑油亮，绿把，绿萼，比重大，味道鲜美。耐运输，货架寿命长，商业价值高。周年栽培亩产 15000kg 以上。

（3）适作茬口　冬季温室和早春保护地种植。

38. 如何识别并使用主栽品种安吉拉

见书前彩图 2-11。

（1）品种来源　从荷兰瑞克斯旺公司引进。

（2）特征特性　植株生长旺盛，开展度大，花萼小，叶片小，丰产性好，采收期长，耐低温性好。果实长灯泡形，直径 6～9cm，长度 22～25cm，单果重 350～400g，果实带紫白相间条纹，绿把，绿萼。质地光滑油亮，果实整齐一致，果肉白，味道鲜美。货架寿命长，商业价值高。周年栽培亩产 18000kg 以上。

（3）适作茬口　冬季温室和早春保护地种植。

三、育苗技术

39. 怎样培育茄子适龄壮苗

（1）壮苗的外部形态标准　植株健壮，株高 15cm 左右。叶片肥厚且舒展，叶色深绿带紫。茎粗壮，直径 0.6～1cm，节间短。第一花蕾出现。茎、叶茸毛较多。根系发达。无病虫症状。

（2）壮苗的生理生化指标　①定植后根系的吸收功能恢复快，在较短时间内即能缓苗进入正常生长。②抗逆性强，表现抗旱、抗寒，对不良环境条件有较强的适应性。③表现早熟、丰产。

（3）培育壮苗的措施如下　①浸种催芽，提高发芽率：用 55℃ 热水浸种 15min，出水后用清洁细少搓去种子外皮黏液，用清水把种子从细沙中分离出来，浸泡 12h，出水后包在纱布里放入大碗或小盒中，上口盖湿毛巾，置于 25～30℃ 处催芽。为提高种子发芽率，可采用变温催芽，即用 30℃ 8h、20℃ 16h 交替进行，可使发芽整齐。②播种：酿热温床或电热温床上播种。③加强苗期管理：早熟茄子苗期正逢外界低温，育苗期间主要是提温、保温。幼苗出土前，要封闭覆盖物，最好使温度达 28～30℃，一般 4～6 天可出齐苗。齐苗后温度可降至 25℃，温度高可进行小通风。电热温床可将电源昼停夜开，使幼苗保持正常生长但不徒长。一般情况下不喷水，更不能浇大水，待幼苗长至 3～4 片真叶时，可加大通风，交错变换通风口，使幼苗经受锻炼。达到茎粗壮、叶片肥厚、色深坚实、覆盖物撤掉叶片也不凋萎时，即可进行分苗。茄子分苗要在晴天中午、外界气温在 10℃ 以上时进行。分苗多采用阳畦，分苗后的管理与分苗前基本相同。育苗期间地温以 20～23℃ 为宜，一般应高于 16℃，气温白天以 25℃ 为宜，昼夜温差 10℃ 左右。育苗后期温度升高，要逐渐加大通风。定植前 10～15 天应浇大水，然后切块蹲苗，并通风锻炼，直至白天将薄膜撤去也不萎蔫，即可准备定植。

40. 怎样配制优质茄子育苗床土

茄子幼苗对于土壤温度、湿度、营养和通气性等都有较严格的要求，床土质量的好坏直接影响幼苗的生长发育，所以，保护地栽培育苗时应特别注意床土的质量。

营养土一般都是人工配制。要求保水、保肥、通气性良好，含有机质至少在 4％以上，同时要含有较充足的速效氮、磷、钾等元素。其中速效氮应达到 100mg/kg，速效磷应达到 150～200mg/kg。每立方厘米营养土的重量不能大于 1.5g。配制优质营养土可在上一年夏季之前，将马粪或草炭与各种秸秆、稻草等和肥沃无病非茄科园田土分层堆积在一起，每放一层马粪、草和田土，浇一些人粪尿，喷洒适量杀虫剂后用泥堆封严，上冻前再翻倒均匀、过筛，与田土按比例配好备用。有机肥与田土比例为：子苗床 7：3 或 5：5，移苗床 3：7 或 4：6。如营养土没加大粪，可在每立方米营养土中加尿素 200～250g、过磷酸钙 10kg。

如果马粪、草炭等原料不足，为保证营养土的疏松，可以在园土中按体积掺入 1/3 左右的森林土；如园土较黏重，可掺入大约 1/10 的细炉灰或粉沙。

41. 为什么要强调配制培养土的农家肥要充分腐熟

强调配制培养土的农家肥要充分腐熟有两方面的意义：一方面防止没有充分腐熟的农家肥在播种后或分苗后在苗床内继续发酵，发酵产生大量热量，温度高发生烧根，另一方面原因是农家肥发酵过程需要消耗大量的氮肥造成微生物和幼苗根系争氮。在生产上的表现是幼苗根系往往竞争不过微生物，幼苗生长表现出严重缺氮，并且持续相当长时间，直到有机肥充分腐熟后幼苗才开始正常生长。

在生产上尤其是新菜区，由于缺乏经验或对有机肥腐熟重要性认识不足，或者不了解有机肥充分腐熟的指标。到了育苗季节才匆匆忙忙寻找有机肥，找到的有机肥往往是外观看起来颜色深褐、质地细碎，就以为已经充分腐熟了，实则相反，其作为育苗培养土后，幼苗长势细弱，根系不发达，叶色发黄，严重影响幼苗发育进程，对培育适龄壮苗十分不利。因此，准备充分腐熟有机肥配制育苗培养土必须引起农户重视。

42. 怎样进行茄子床土消毒

为防止苗期病害，除注意选用少病虫的床土配料外，还应进行床土消毒。消毒方法有药剂消毒法和物理消毒法（蒸汽消毒和微波消毒），生产上药剂消毒应用普遍。

代森锌消毒。每立方米床土用 65％代森锌粉剂 60g，拌匀后用塑料薄膜盖 2～3 天后撤掉，药味散尽后即可使用。

氯化苦消毒。将床土堆成 30cm 厚的土堆，土堆上每隔 30cm 见方扎一深 10～15cm 的小孔，每孔注入氯化苦 5ml。并立即封孔。第一层施药完毕后，在上面再堆放同样厚的土，按上法施药。最后将整个土堆用塑料薄膜密封，7～10 天后，使用时充分翻动土堆，散去药气，以免幼苗中毒。

福尔马林消毒。用 40％福尔马林 200～300ml 兑水 25～30kg，喷洒于 1000kg 床土中，然后充分拌匀堆成堆，用塑料薄膜密封 5～7 天，然后揭开薄膜，待药味挥发后再使用，可防治猝倒病和菌核病。

43. 生产上如何采用茄子间歇性浸种、高温烫种催芽技术

（1）种子处理　先将种子除净杂质，用 25℃温水浸泡 30min，然后多次搓洗，除附着在种皮上的果胶物质，清洗干净后进行烫种。

（2）高温烫种　先用少许用凉水浸润处理好的种子，然后加入

90℃左右的热水，使水温达到75℃，并保持5min（温度降低时要补加热水），要边倒热水边迅速搅动，避免烫伤种子，直至水温降至30℃，置于温室中继续浸种。高温烫种可使种皮迅速软化，裂纹增加，促进胚细胞的呼吸作用。

（3）间歇性浸种　先将种子浸泡8h（含搓洗烫种时间），然后控干，在纱布上摊晾8～12h，再浸泡4～6h，然后再次摊晾8～12h，至手摸湿爽不黏为准，方可进行催芽。这一过程使水分缓慢渗入种子内部，防止种皮吸水过度而影响透气性，能充分满足种子发芽时对水分和氧气的需要，尤其后一次晾种可使种子内部水膜消失，增加透气性。

（4）催芽方式　一般应用草围或纸箱催芽即可，有条件的采用灯泡加温、控温仪控温。即在草围或纸箱底部放一装水器具，内放清水，中部架设竹帘，竹帘下吊一支25～40W灯泡，悬于水盆之上。竹帘上面覆盖浸湿的纸箱板，挡严灯光，将用宽大的纱布袋装好的种子平摊在上面，上覆浸湿的毛巾。纸箱板和毛巾见于即用水浸洗，保持湿润。控温仪的感温头置于种袋内部，无控温仪可用温度计观察温度，并根据种袋内的温度变化及时开闭电灯。此法利于种子透气，热源稳定，并保持湿润。

①温度控制：变温催芽可使种子提早萌芽，种芽粗壮一致，每昼夜16h 30℃、8h 20℃，交替进行。②种子管理：种子每隔3～4h翻动1次，以利透气和受热均匀。淘洗不可过勤，一般头两天不必淘洗，第三天（种子开始萌动）可淘洗1次，淘洗后摊晾4～6h再继续催芽。

采用间歇性浸种和高温烫种相结合的方法进行茄子催芽与常规催芽相比较，达到50%出芽的时间提早128h（5.3天），达到90%出芽的时间提早152h（6.3天），并且发芽势一致，种芽粗壮，无烂芽坏种现象发生。

44. **茄子穴盘育苗包括哪些关键环节**

见书前彩图3-1。

（1）穴盘型号的选择　茄子育 2 叶 1 心子苗选用 288 孔苗盘；育 4～5 叶苗选用 128 孔苗盘；育 5～6 叶苗选用 72 孔苗盘。

基质配制方法：草炭：蛭石 2：1 或 3：1，草炭：蛭石：废菇料 1：1：1。配制基质时加入 15：15：15 氮磷钾三元复合肥 3.2～3.5kg，或每立方米基质加入 1.5kg 尿素和 1.5kg 磷酸二氢钾，或 2.5kg 磷酸二铵，肥料与基质混拌均匀后备用。

（2）种子处理　为了提高种子的萌发速度，可进行种子活化处理，其方法是将种子浸泡在 500mg/kg 赤霉素溶液中 24h，风干后播种或丸粒化后再播种。72 孔穴盘播种深度 1.0cm 左右；128 孔和 288 孔穴盘 0.5～1.0cm。播种后覆盖蛭石。播种覆盖作业完毕后将育苗盘喷透水（水从穴盘底孔滴出），使基质最大持水量达到 200% 以上。

（3）播种后管理　播种后，将穴盘放入育苗床。白天温室保持在 25～30℃，夜间保持 20～25℃，4～5 天后，当苗盘中 60% 左右种子种芽伸出，少量拱出表层时，日温大于 25℃，夜温以 18～20℃为宜。当温室夜温偏低时，考虑用地热线加温或临时加温措施，温度过低出苗速率受影响，小苗易出现猝倒病和沤根病。苗期子叶展开至 2 叶 1 心，水分含量为最大持水量的 70%～75%。2 叶 1 心后夜温可降至 15℃左右，但不要低于 12℃。白天酌情通风，降低空气相对湿度。苗期 3 叶 1 心后，结合喷水进行 2～3 次叶面喷肥。3 叶 1 心至定植，水分含量为 65%～70%。

（4）壮苗标准　茄子穴盘育苗成品苗标准视穴盘孔大小而异，选用 72 孔苗盘的，株高 16～18mm，茎粗 4.0～4.5mm，叶面积在 110～130cm²，达 6～7 片真叶并现小花蕾时销售，需 80～85 天苗龄；128 孔苗盘育苗，株高 8～10cm，茎粗 2.5～3.0mm，4～5 片真叶，叶面积在 40～50cm²，需 70～75 天苗龄。成品苗达上述标准时，根系将基质紧紧缠绕，当苗从穴盘拔起时也不会出现散坨现象。

45. 茄子泥炭营养块育苗的好处和操作方法是什么

采用泥炭营养块育苗是一种新型的育苗方式，有别于传统的育苗方式，只有正确掌握育苗方法，才能达到预期目的。

①种子处理：播前将种子晾晒2天，提前1～2天浸种催芽。种子露白待播。②做畦铺膜：播前1天在育苗地做畦，畦高5～7cm，畦宽1.2m，长度据播种数量而定，将畦面整平压实，上铺农用薄膜，防止水分渗漏外流和根系下扎。③摆营养块，浇透水在畦面的农膜上，按播种的数量整齐摆放育苗营养块（选用圆形小孔40g营养块），按每100个育苗营养块吸水15kg浇水，分2～3次浇完，以便充分吸收。吸水后营养块迅速膨胀疏松，用竹签扎刺营养块，如有硬心需继续加水，直至全部吸水膨胀为止。④播种覆盖：营养块吸水膨胀的第二天，在每个营养块的播种穴里播1粒露白的种子，上覆1～2cm厚的专用覆种土，无需按压，育苗块间隙不必填土，以保持通气透水，防止根系外扩。⑤苗期管理：播种后对营养块不要移动、按压，否则易破碎，2天后即会固结一体、恢复强度，方可移动。管理上视营养块的干湿和幼苗的生长情况及时补水，防止缺水烧苗。整个苗期只浇水，无需施肥。定植前3～4天停水炼苗，定植时将营养块一起定植，在营养块上面覆土2～3cm，栽后浇透水。

注意事项：①定植时应把营养块全部埋在土中，上面至少盖土2～3cm，定植后应浇透水。②老棚地等病害较多的土壤应在定植穴内适当加入杀菌剂，以防止病菌浸染。③达到苗龄应及时定植，若不能按期定植应采取措施防止出现根系老化和脱肥现象。

46. 目前常用的茄子砧木有哪些

（1）托鲁巴姆　托鲁巴姆原产于美洲的波多黎各地区。该砧木的主要特点是同时抗4种土传病害（黄萎病、枯萎病、青枯病、线虫病），达到高抗或免疫程度，植株生长势极强。根系发达，粗长根较多呈放射状分布，吸收水分、养分能力强。茎黄绿色粗壮，节间较长，叶片较大，茎及叶上有少量的刺。种子成熟后具有极强的休眠性，因此发芽困难，需用激素或变温处理。幼苗出土后，初期生育极慢，特别是低温条件下生长迟缓，长出3～4片真叶后生长速度接近正常，因此嫁接时需要比接穗提早 25～30 天播种。该砧木嫁接成活率高，嫁接后除具有高度的抗病性外，还具有耐高温干旱、耐湿的特点，果实品质极佳，总产量高。

（2）CRP　其抗病性与托鲁巴姆相当，也能同时抗多种土传病害。植株生长势较强，根系发达，但茎叶上密生长刺，嫁接时不易操作。种子的休眠性较强，但比托鲁巴姆易发芽。幼苗出土后，初期生长缓慢，2～3 片真叶后生长加快，同普通茄子。嫁接时需要比接穗提前 20～25 天播种。嫁接后，茄子品质优良，总产量高。

（3）托托斯加　从美国引进品种，生性强健，易发芽，对土传病害有免疫能力，嫁接后的茄子高抗黄萎病、枯萎病、青枯病、线虫病，长势健壮，结果期延长 1 个月左右，产量提高 1 倍左右，对茄子品质无不良影响，是替代托鲁巴姆的首选茄子砧木。托托斯加较托鲁巴姆生长快，嫁接时需要比接穗提前 15～20 天播种。

47. 怎样提高茄子砧木的发芽率

茄子砧木的价格高，发芽率低（特别是托鲁巴姆），因此应采取各种方法来进行种子处理，以提高发芽率，降低育苗成本。目前普遍采用的有 3 种催芽处理方法。

一是浸泡处理，将种子浸泡 48h，然后将苗床地浇足底水，均匀播种，盖土后覆膜保墒、保温。一般茄子砧木苗可以在 10～15 天发芽。

二是变温处理，将种子浸泡 48h，装入布袋，放入恒温箱中，30℃ 8h，20℃ 16h，反复变温处理。同时每天用清水冲洗一次种子，8 天后即可出芽。

三是激素处理。用 1kg 水加 100～200mg 的赤霉素浸泡种子 24h，再用清水浸泡 24h，再将种子置于温箱中进行变温处理，这种方法出芽较快，一般 4～5 天即可出芽。

48. 适合茄子嫁接的方法有哪些？嫁接时应注意些什么

见书前彩图 3-2。

（1）茄子的嫁接方法　适合茄子嫁接的方法很多，主要有劈接法、靠接法、插接法、贴接法和套管接法。山东省寿光市多采用茄子劈接法、靠接法和插接法。

①劈接法。先将砧木去掉心叶和生长点，而后用刀片由苗茎的顶端把苗茎劈一切口，把削好的菜苗接穗插入并固定牢固形成嫁接苗。其特点是：属于顶端嫁接法，苗穗离地面较高，接合部位也不留多余的段茎，不容易遭受土壤污染，嫁接的防病效果比较好；技术简单易学，容易进行嫁接操作，嫁接质量也容易掌握；嫁接苗成活期间对苗床的环境要求较为严格，嫁接苗的成活率受管理水平的影响很大，嫁接苗的成活率不容易掌握；劈接苗的接口处容易发生劈裂。②靠接法。将茄子苗与砧木的苗茎靠在一起，两株苗通过苗茎上的切口相咬合而形成一株嫁接苗的嫁接方法。其特点是：属于带根嫁接法，嫁接苗不容易失水萎蔫，容易成活，成活率高；靠接带有自根，在嫁接苗成活期间，茄子苗能够自己从土壤中吸取水分，不容易萎蔫，对苗床环境变化的反应不甚敏感，比较容易管理；茄子苗嫁接在砧木苗茎的中上部，此部位的砧木比较粗，较容易进行苗茎的削切和接合操作，技术简单易学，易掌握；茄子苗的嫁接位置偏低以及茄子苗切断苗茎后留茬太长，苗茎已产生不定根，防病效果不理想；茄苗和砧木的切口较深，嫁接苗较容易从苗茎的接合处发生折断或劈裂，造成死苗。③插接法。用竹签或金属签在砧木苗茎的顶端或上部插孔，把削好的茄子茎插入孔内而组成一株嫁接苗的嫁接方法。其特点是：插接法的操作工序少，简单省事，嫁接功效比较高，通常一般人员每天可嫁接 800～1000 株；嫁接部位不易发生劈裂和折断，茄子和砧木间的接合比较牢固；砧木苗茎的接面截面积较大，嫁接后茄子与砧木间的苗茎结合面积也较大，对茄子和砧木间的上下营养畅流有利，有利于培育壮苗；茄子苗穗距离地面比较远，不容易遭受土壤的污染，嫁接苗的避病效果比较好；插接法属于断根嫁接法，茄子嫁接苗穗对干燥、缺水和高温的反应较为敏感，嫁接苗的成活率高低受气候和管理水平的影响很大，不容易掌握。

（2）注意的问题　一是场所，最好在温室或棚室里进行，尽量避免风沙、雨水或畜禽的污染。二是刀具，嫁接时使用的剃须刀必须锐利，一般每面刀刃嫁接150株左右就要及时更换。三是消毒，操作人员的手和嫁接刀具，要在嫁接过程中多次用酒精或高锰酸钾溶液消毒，以避免病菌交叉感染。同时要注意消毒后手和刀片要等到晾干后才可接触切口，否则切口沾水或药液后愈合很困难。

49.　嫁接砧木苗粗度和高度达不到要求怎么办

嫁接适宜时间主要决定于砧木苗茎的粗度，当砧木茎粗3～5mm，接穗长到5～7片真叶时，木质化时为最佳嫁接时期。嫁接部位一般是在砧木第二和第三片真叶之间的节上，所以要特别注意砧木这一节的长度和粗度。同时为确保嫁接部位远离地面，加强防病效果，一般要求砧木苗的高度不小于10cm。实际育苗过程中，由于砧木苗前期生长缓慢以及环境不良等原因，特别是低温期育苗由于温度偏低、光照不足等原因，嫁接前苗的粗度和高度往往达不到要求。此种情况下，一方面应改善苗床环境，促进砧木苗生长；另一方面可用20mg/kg的赤霉素液喷洒幼苗，促苗生长。

50.　茄子苗劈接法嫁接应掌握哪些要点

（1）嫁接过程　当砧木具有5～6片真叶，接穗具有3～4片真叶时即可嫁接。嫁接时，砧木基部留1～2片真叶，将其上部茎切断，从切口茎中央向下直切深约1.2cm。接穗留2～3片真叶，断茎。将切断的接穗基部茎削成楔形，插入砧木切口，使其吻合，并用嫁接夹固定。注意不能太紧或太松。

茄子劈接法的嫁接具体操作过程见图3-1。

（2）嫁接苗管理　嫁接后，将嫁接苗钵浇足水放入温室内的小拱棚中，拱棚覆盖塑料薄膜，遮阳网或草苫以保温、保湿、遮阳。小拱棚内温度白天28～30℃，夜间20～25℃，相对湿度85%～90%，遮阳2～3天后，逐步揭除遮阳物（第四至五天仅中午遮阳），第六至八天，可掀开棚底薄膜放风炼苗，此时伤口已愈合，可同时取下嫁接夹转入正常管理。

（3）茄子苗劈接法嫁接时应注意的问题　①茄子苗带叶的数量要适宜。一般来讲，茄子苗稍大一些，留叶稍多一些有利于嫁接后茄子苗的生长和培育壮苗，但留叶过多，茄子接穗的失水将增多。由于砧木苗茎切面的供水能力是一定的，茄子接穗失水

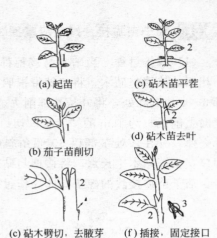

(a) 起苗　　　　(c) 砧木苗平茬

(b) 茄子苗削切　(d) 砧木苗去叶

(e) 砧木劈切，去腋芽　(f) 插接，固定接口

图 3-1　茄子劈接过程
1—茄子苗；2—砧木苗；3—嫁接用夹

过多时，必然会因水分供不应求而导致接穗失水萎蔫，影响嫁接苗的成活率，因此应按照嫁接要求留叶，留叶不宜过多。②砧木苗茎留叶不宜过多。砧木苗茎上适量留叶，对提高砧木根系的生长、增强根系的吸水能力、保证嫁接苗成活期间苗穗有充足的水分供应以及提高嫁接苗的成活率有一定帮助，但留叶过多，势必会出现砧木苗叶生长偏旺，茄子苗生长受抑制的不良现象。因此，砧木苗茎留叶数不应过多，一般要求不超过 2 片。③要根据茄子苗的茎粗来确定砧木苗茎的劈切口位置和宽度。如果茄子苗的茎粗与砧木苗相接近，应在砧木苗茎的中部劈一切口进行嫁接；如果茄子苗茎较砧木苗茎稍细，茎粗超过砧木苗茎的一半以上，应在苗茎的一侧切口进行嫁接；如果茄子苗茎粗尚不及砧木苗茎粗的一半，应在砧木苗茎的断面上，把砧木的苗茎只劈开 1/2 左右宽的口，将茄子苗茎的一侧形成层对齐即可。④要选用松紧适宜的嫁接夹来固定接口。夹过松时不易夹牢固，但夹过紧时也容易把苗茎夹伤。适宜的松紧度是夹住苗茎后，苗茎在夹内不发生滑动或晃动，苗茎也不被夹得变形。

51. 茄子苗靠接法嫁接应掌握哪些要点

（1）嫁接过程　当砧木与接穗都具有 5～6 片真叶时，选取大小相当的接穗与砧木，将接穗带根取出，并保湿。用刀片在接穗上部 3～4 片真叶处，将叶从基部削去。然后，从该处茎上以 30°倾斜度向上削成长约 1cm 的"舌状"切口。砧木从基部 2～3 片叶处将叶去掉，并在该处茎部以 30°倾角斜向下削出长约 1cm 的"舌状"切口，去掉砧木生长点。将接穗与砧木切口对齐插牢，用嫁接夹固定。茄子苗靠接法的嫁接具体操作过程见图 3-2。

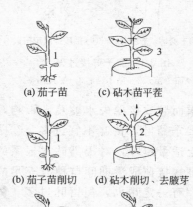

(a) 茄子苗　　　(c) 砧木苗平茬

(b) 茄子苗削切　(d) 砧木削切、去腋芽

(e) 接合　　(f) 固定接口后，两苗相距
　　　　　　　1cm 远栽入营养钵中

图 3-2　茄子苗靠接过程
1—茄子苗；2—砧木苗；3—嫁接夹

（2）嫁接苗管理　靠接接后管理同劈接法，但在转入正常管理之前要将接穗的根从接口处去掉。

（3）茄子苗靠接法嫁接时应注意的问题　①砧木苗茎留叶不宜过多，一般要求不超过 2 片。留叶过多，叶片与接穗争夺养分，不利于接穗的生长。②茄子苗带叶的数量要适宜，一般为 2～3 片叶。适量的留叶有利于嫁接后茄子苗的生长和培育壮苗。但留叶过多，茄子苗穗的失水将增多，会因水分供不应求而导致苗穗失水萎蔫，影响嫁接苗的成活率。③砧木苗茎的切口位置要高。由于茄子靠接苗的嫁接部位与地面的距离远近，决定于砧木苗茎的切口位置，因此砧木苗茎的切口位置应适当高一些，使嫁接部位与地面保持一定的高度，一般要求切口位置要距地面高度不小于 5cm。④苗茎的切口要保证一定的深度。苗茎的切口深度大小对砧木与接穗间的上下营养与水分流动有一定的影响，切口深的茎苗，接面的截面积也大，有利于上下养分和水分流动，对提高嫁接苗的成活率和壮苗率有利。切口较浅，接面的截面积相对变小，上下养分和水分流动不畅，不利于培育壮苗和提高嫁接成活率。但切口也不可过深，否则茄子苗与砧木苗容易从切口处折断。一般要求苗茎的切口深度不小于苗茎粗的一半，以深度达苗茎粗的 2/3 左右为宜。⑤砧木苗与茄子苗的切口位置要适宜。砧木苗的切口应位于与第二片也相对应的一侧，接穗苗的切口应位于与第一片叶相对应的一侧。该部位比较空阔，嫁接后，砧木与接穗苗茎能够紧密结合。⑥接面的插接质量要高。茄子苗茎的切面应插到砧木苗茎切口的底部，不要留下空隙。⑦要选用松紧适宜的嫁接夹来固定接口。夹过松时不易夹牢固，但夹过紧时也容易把苗茎夹伤。适宜的松紧度是夹住苗茎后，苗茎在夹内不发生滑动或晃动，苗茎也不被夹得变形。⑧嫁接夹要从茄子苗一端入夹，按茄子苗在内、砧木苗在外的顺序，夹住嫁接部位，不要从与切面垂直的方向入夹，防止挤裂苗茎。

52. 茄子苗插接法嫁接应掌握哪些要点

（1）嫁接过程　当砧木长到 3 片真叶、接穗长到 1～2 片真叶时即可进行嫁接。先把砧木在 1 片真叶以上部位水平剪断，在剪口部位用细竹签（竹签粗细应与接穗茎粗细相仿）插一个 3mm 深略有倾斜的小孔，接穗小苗用刮胡刀切去根系（嫁接前需对刀片、竹签等嫁接工具进行消毒），再将小苗子叶下部削成 2.5mm 长的楔形切口，把接穗插入砧木的小孔中。嫁接必须在遮阳棚进行。

茄子苗插接法的嫁接具体操作过程见图 3-3。

（2）嫁接苗管理　完成嫁接后的苗要在特别准备的苗床中保温、保湿、遮阳培育才能很好地愈合伤口，提高成活率。

（3）茄子苗插接法嫁接时应注意的问题　①要适时嫁接。由于嫁接苗茎实心原因，插孔是容易将苗茎插裂，特别是砧木苗偏大、苗茎变硬后，更容易被插裂，造成嫁接后苗穗松动，与砧木接触不

(a) 茄子苗起苗

(c) 砧木苗平茬

(b) 茄子苗削切

(d) 砧木去腋芽

(e) 砧木插孔

(f) 茄子苗插接

图 3-3　茄子苗插接过程
1—茄子苗；2—砧木苗；
3—嫁接夹

紧密，而降低嫁接质量。因此，插接法应在砧木苗茎尚幼嫩时进行，适宜的嫁接时期为 3～4 片叶期。嫁接过早，苗茎偏细，容易被插裂。栽培茄子苗通常较砧木苗茎加粗较快，应比砧木苗小一些、细一些，一般嫁接时应较砧木苗少 1～2 叶，以 2 叶期嫁接为宜。嫁接过早，虽然苗茎较细，利于插接，但苗茎组织太嫩，容易萎蔫，成活率不高。②茄子苗和砧木苗留叶数量不宜过多。适量的留叶数量茄子苗 2 片，砧木苗 1 片。要选用苗茎粗细相协调的茄子苗和砧木苗进行配对嫁接。适宜的茄子苗苗茎应比砧木苗茎稍细一些，以不超过砧木苗茎

粗的 3/4 为宜。如果苗茎过粗，插孔时会因竹签太粗而把砧木苗茎插裂。但茄子苗茎也不应太细，否则会由于两苗的结合面积太小，而不利于培育健壮的嫁接苗，一般要求茄子的苗茎粗不小于砧木茎粗的 1/2。③要注意茄子苗穗的保湿。插接法的茄子苗偏小，苗茎幼嫩，失水快，容易萎蔫。特别是削切后的茄子苗穗，由于得不到根系供水，更容易失水变软，导致插接困难。④茄子苗茎的插入深度要到位。一是要把苗茎的切面全部插入砧木苗茎的插孔内，不要露在外面；二是茄子苗茎要插到砧木苗茎插孔的底部，避免留下空隙。

53. 提高茄子嫁接成活率的关键技术有哪些

（1）高温高湿，促进愈合　茄子嫁接后前 3 天是接口愈合的关键时期，光、温、湿度要求严格，在管理上要特别注意。白天小拱棚内温度保持 25～28℃，夜间 20～22℃，空气相对湿度 95％以上，即小拱棚内膜面均匀地布满水珠。嫁接后前 3 天，小拱棚完全

关闭，用草苫遮阳，第四天开始早上适当地在小拱棚顶部打开 5cm 的小缝进行通风换气，中午前关闭。以后每天逐渐增长通风时间，增大通风缝，第八天以后，早晨将小拱棚顶部打开 20cm，晚上关闭。在嫁接苗完全可以通风后，给嫁接苗叶面喷雾 0.2％的磷酸二氢钾和 72.2％普力克（霜霉威）600 倍混合液，以防接穗叶片黄化病变。

（2）清水喷灌，防止萎蔫　嫁接后第四天，开始使嫁接苗在清晨、黄昏见弱光，出现萎蔫之前放草苫遮阳，直到嫁接后第十天，小拱棚打开通风以后，拱棚内湿度会迅速降低，甚至低于 75％，需要给拱棚内增加湿度，可在早晨 10 时左右，用清水喷雾小拱棚内膜面。在遮阳的情况下，如接穗仍出现萎蔫，可对内膜面和接穗叶面都进行喷雾。第八天左右时，小水漫灌嫁接苗床，估计水能渗透营养钵为止，浇水后推迟关闭小拱棚，控制拱棚内空气相对湿度在 75％左右。

（3）及时移苗，补充养分　嫁接后第十天拆掉小拱棚，中午用遮阳网遮阳，降低温度，昼温控制在 22～26℃，夜温12～15℃，空气相对湿度降低到 75％以下，营养钵保持湿润。12 天以后，对嫁接苗进行分级管理，选晴天剔除嫁接苗砧木上新萌发的侧枝和接穗上黄叶、病叶，将弱小苗和健壮苗分开摆放，摆放时营养钵之间距离 3cm，扩大嫁接苗光照面积，苗床摆满后，大水漫灌苗床，水满到营养钵高度的 1/2 为止。以后，营养钵表土发白即进行浇水，上浇下灌，直到定植前 10 天。分级管理后用 0.1％磷酸二氢钾浇灌 1～2 次嫁接苗，每钵 0.25kg 溶液，补充养分，促进嫁接苗花芽分化。

54. 如何利用茄子高位腋芽培育嫁接苗

（1）培育砧木　当砧木茎粗 3～5mm，高度 10cm 以上时，采用劈接法嫁接。

（2）接穗的选择　嫁接高位腋芽（老株分蘖）一定要在嫁接前管理好所选择接穗的植株，保证选择的老株分蘖无虫害、病害。若选择的老株分蘖有虫害或病害不仅容易造成嫁接成活率低,而且会加重嫁接后的管理难度。分蘖最好选用植株较幼嫩的芽,以便嫁接后的伤口愈合。

(3)嫁接前喷施药物　在嫁接前,不管是砧木苗,还是接穗植株都要喷一遍爱多收(2.85%硝·萘酸水剂)6000倍液混配硼砂600倍液。因为爱多收能促进植株体内原生质的流动,硼是作物生长点生长所必需的微量元素。喷施这2种药物能够提高嫁接成活率。

(4)嫁接　在嫁接前一天,一定要浇灌一下砧木和接穗植株,增加植株的含水量,以利嫁接成活。采用劈接法,具体操作过程详见图3-4。

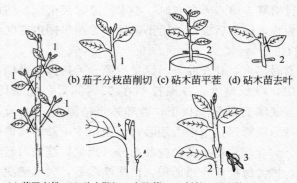

(a)茄子老株　(e)砧木劈切、去腋芽　(f)插接、固定接口

(b)茄子分枝苗削切　(c)砧木苗平茬　(d)砧木苗去叶

图3-4　茄子老株分蘖培育嫁接苗过程
1—茄子分枝;2—砧木苗;3—嫁接用夹

(5)嫁接后的管理　茄子接口愈合期为9~10天,这一阶段主要是创造适宜的温度、湿度及光照条件,促进接口快速愈合。具体参阅"53.提高茄子嫁接成活率的关键技术有哪些"一问。

55. 如何进行茄子扦插育苗

扦插育苗必须选择茄子上适宜的扦插部位和扦插方法,以适当的生长调节剂处理,插后进行合理的温度、湿度管理,才能使扦插成功。扦插育苗应掌握如下几个技术环节。

（1）选择扦插材料　扦插材料必须是茄子上易于产生不定根的部位，如侧枝上的生长部位。部位不同时，茎组织的老嫩程度和营养物质的含量不同，水插后发根的速度和数量也不同，一般枝条顶端水插后发根多，移栽后生长快，开花结果多。因此，水插育苗的插条，以选择整枝时粗壮的侧枝为好，每株茄子可取 7～8 个插枝。插条的长度以 8～12cm 为宜，插条切口要平滑，并在室内自然干燥愈合后再进行扦插，以减少水扦插中的腐烂，并增加发根数和根长度。

（2）植物生长调节剂处理　应用植物生长调节剂，如吲哚乙酸、吲哚丙酸、吲哚丁酸、萘乙酸或 2,4-D，均能促进扦插材料生根，提高成活率。茄子以 2000mg/kg 的萘乙酸快速浸蘸侧枝基部最好。

（3）扦插方法　常见的方法有水扦插法和基质扦插法两种。茄子扦插育种多用水扦插法。

作为扦插用的基质，要求质地舒松、透气性和保水性好，不易造成扦插材料腐烂。常用的基质有蛭石、珍珠岩或沙与菜园土 1∶1 混合。可用育苗盘（箱）或育苗床铺放培养基质，扦插前用福尔马林 100 倍液喷洒消毒，然后扦插。

水扦插法操作简单，但不如基质扦插法易管理。

（4）扦插后的管理　扦插后发芽、生根的快慢及成活率的高低，一方面受扦插材料的影响，而更重要的是受扦插成活过程中的温度和湿度的影响。茄子要求 22～30℃，温度过高、过低都对扦插成活不利。温度过低（低于 15℃）时，可在苗床上盖小拱棚，并在夜间加盖草苫；温度过高时，可用苇帘遮盖降温。相对湿度一般为 85%～95%。至于光照，在扦插 3 天内可进行遮光，4～6 天中午前后遮阳，7 天后不必遮阳，特别是在幼苗开始生长时更需要见光。

当幼苗形成了完整的根系，并达到适宜苗龄时，便可移栽到棚室中。

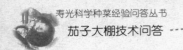

56. 如何进行茄子砧木托鲁巴姆扦插育苗

托鲁巴姆较贵，为了节约成本，可采用多茎扦插的方法培育砧木。托鲁巴姆属茄科，直立无限生长，茎木质化，每隔4～10cm 1片叶，每片叶的叶腋内着生侧枝，侧枝叶腋内又生侧枝，由于其分枝旺盛、侧枝发达，利用侧枝进行扦插，成活率可达95%，扦插后的枝条7～10天长出白根，30～35天即可进行嫁接。

具体方法：①选择侧枝。在生长期间对托鲁巴姆植株进行多次修剪，剪掉生长点，以促其大量萌发侧枝。选择粗0.3～0.4cm 的侧枝，留2～3片叶，在长约10cm 处剪断，注意不要选带花穗的侧枝。用锋利的刀片将其基部削成45°角的斜面。②药剂处理。为促进生根，可用200mg/kg 的萘乙酸，或100mg/kg 的吲哚乙酸，或二者混合液浸插穗基部1～2h。③扦插。将药剂处理的枝条直接插入土壤中，扦插深度5cm，株行距8cm×10cm，扦插后扣棚，约半个月后长出侧根。④扦插后管理。控制相对湿度在90%左右，白天气温在22～30℃，夜间12～18℃。

57. 茄子嫁接育苗存在哪些误区

误区一：不注意防病。茄子砧木苗和茄子接穗在育苗过程中很容易发生疫病等苗期病害，如不注意及时防治，则影响成活率。成功的经验是在嫁接前1～2天，对茄子砧木和接穗用普力克600倍液喷雾，来防治苗期常发的疫病、茎枯病等病害。嫁接后7天左右，利用早晨或傍晚的时间，撤下苗床膜后，喷用3000倍的恶霉灵与500倍的百菌清的混合液，防根腐病等根部病害。只要控制住病害，苗的成活率也就有了保证。

误区二：不注意遮阳。秋冬茬或全年一大茬茄子砧木和接穗育苗时正处于7～8月份，此时温度高，光照强，如不注意遮阳，苗子易受强光直射引起萎蔫。嫁接后8天之内最好见散射光，可在苗床上方覆盖遮阳网或放下部分苦帘遮阳，尤其是中午前后要察看遮阳网或草苦，防止被风刮飞影响遮阳。8天过后要视苗长势的强弱，逐渐撤去遮阳网或草苫，进行高温炼苗，提高嫁接苗的抗逆性。

误区三：用橡皮筋或薄膜替代嫁接夹。这会使接口透气性差，易滋生病菌，在高温高湿条件下发病常导致髓部发黑坏死。建议嫁接一定要用嫁接夹。

误区四：接穗砧木选留不当。有些菜农从老茄子上剪取接穗时没有选取无病植株而影响了嫁接成活率，选取健壮无病、半木质化，且接穗与砧木粗细相当的枝条是非常重要的，它决定了成活率的高低。嫩的接穗要接在砧木较嫩的部位，老化的要接在较老化的部位，正所谓"老接老，嫩接嫩"。

误区五：放风不当。放风是决定茄子嫁接后苗成活率至关重要的一环，在温度高时如不注意放风，很容易闷坏苗。首先苗床所用覆膜必须是两块薄膜东西方向对接而成，中间用夹子夹住，这样有利于放风。苗床温度白天应掌握在 28～35℃为宜，放风要灵活机动地进行。嫁接后前几天不放风是为了保湿，保成活，四五天后要逐渐放风，不要死搬教条。

误区六：有意使苗缺水。嫁接前适当补充水分保证土壤湿度，使墒情良好才有利于加快砧木与接穗的愈合，提高成活率。嫁接后立即浇水会影响成活，也会诱发病害，但有意缺水则会造成干旱，造成大量死苗。

四、栽培管理

 58. **为什么说科学放风是调控日光温室环境平衡的主要措施**

（1）放风的目的　①降温。不管越冬茬，还是早春茬茄子栽培，晴天中午时分温室内气温可高达 40℃以上。这时植物体内多种酶失去活性，代谢作用停滞，光合作用停止，无糖类物质生成。时间过长茄子局部会受到热伤害，时间再长会导致整株死亡。因此需要放风来降低温室内的温度，将其控制在茄子最适宜生长的温度内，一般应控制在 20～30℃。②排湿。冬季温度低，温室内空气相对湿度增加，茄子叶表面易结露。特别是半夜到早晨揭草帘前空气相对湿度有时会达 100％。温室棚膜内表面水珠凝结下滴以及棚内产生雾气等，常使茄子叶面太湿，易诱发霜霉病、细菌性角斑病等多种病害，因此应及时放风排湿。③调节温室内气体平衡。施用过量未腐熟的农家肥或施用过多的尿素、碳铵等氮肥释放氨气，质量不好的地膜、棚膜会释放出有害气体邻苯二甲酸和二异丁酯等，这些有害气体都会危害茄子，应及时排出，并补充新鲜空气。同时放风能及时补充温室内二氧化碳，利于茄子的光合作用。温室揭帘后茄子见光一小时，室内二氧化碳消耗已达到补偿点以下，所以及时放风是非常重要的。

（2）放风的方式　在冬季，放风主要是通过顶风口来完成的。有经验的菜农通常采用"一天两放风"或"一天三放风"的方式进行，以起到排出温室内湿气和有害气体，补充温室内二氧化碳和降温的作用。

（3）注意冬季通风　冬季温室内的温度偏低，为保持温度，温室一般较少通风，容易造成温室内的空气湿度偏高，有害气体的浓度也容易增大。另外，温室长时间不通风，温室中的二氧化碳气体含量将明显下降，妨碍茄子正常的光合作用。因此，在确保温室温度需要的前提下，冬季也要对温室进行通风，特别是浇水后几天以及喷药、喷肥后，更要加强温室的通风管理。

采用分次通风法通风。上午，当棚内温度达到30℃时，将放风口拉开10cm左右，开小口通风；当中午前后棚温达到33℃时再拉大放风口，使放风口拉开18cm左右，保证棚内温度不超过30℃。

下午，关闭放风口也分两次进行。一般在棚内气温降低到22℃时将通风口关小，第一次关闭10cm左右；查看棚内气温降低到18℃时，要将通风口完全关闭。

这种"两开两闭"的通风方式能更好的调节温度，比"一开一闭"的通风方式更有利于茄子的生长。更重要的是上午第一次放风时，一般在9～10时，此时正是棚内二氧化碳缺乏的时间，若此时放风，能使二氧化碳早进棚，延长光合作用时间，增加茄子产量。

59. 冬天日光温室茄子什么时间放风好

在茄子日光温室中，晚上会积累较多的二氧化碳，这主要是由土壤中的有机质分解而释放出来的，也由茄子的呼吸作用而产生一部分。因冬天傍晚日光温室关闭，会使晚上棚中的二氧化碳积累到很高的浓度，通常有机肥充足的温室可达1500ml/m³，甚至更高，这个浓度是空气中二氧化碳的5倍。所以充分利用温室中的这些二氧化碳供应光合作用的需要，会使光合产物数量大幅度提高，明显增加茄子产量。这就要求菜农注意不能过早地放风，以免使温室中的这些二氧化碳逸出温室外，白白跑掉。据研究，拉开温室上的草苫后，在良好的光照条件下，温室中积累一夜的二氧化碳，可供温室中茄子1h左右光合作用的需要，所以即使温度条件适宜放风，在拉开温室后1h之内也不要放风。过早放风会使部分二氧化碳扩散到温室外，其实是减少了光合产物的生成量，该得到的产量没得到。

如上所述，拉棚见光后，温室中的二氧化碳只够 1h 所需，如果 1h 后还不放风，温室中的二氧化碳已耗尽，则光合作用会停止。即使光照条件再好，也没有光合产物生成，白白地浪费了上午的大好时光，所以只要温度条件适宜，在拉棚 1h 后，就应立即放风，使温室外空气中的二氧化碳早进温室，使茄子的光合作用连续地进行。所以拉棚 1h 以后不放风是完全错误的。有时温室外温度较低时，为维持适当的棚温，可以把放风口由小而大地分段放开。

60. 冬春茬茄子冬季温室内温度偏低怎么办

茄子较耐低温，在冬季日光温室生产中是一个成功率比较高的作物。但在灾害性天气条件下，若不注意保温、增温也会导致生产失败。

保温增温的措施如下。①选择采光保温性能良好的温室结构，可采用半地下大跨度日光温室（寿光Ⅵ型日光温室）。②注重建造时的标准要求，防止后坡过薄或脊上薄膜密封不严。③要求草苫有一定厚度，特别是致密性要好，不能用薄草苫。④用透光、保温好的聚氯乙烯农膜（如 PE 复合多功能膜，EVA 多功能复合膜），并经常清扫农膜。⑤注意地面覆盖地膜，并封死引苗孔；注意扣膜和固定农膜方法，防止农膜起皱影响无滴性。⑥有条件时，后墙和两山墙加挂反光幕。⑦增加草苫外的防雨保温塑膜，即浮膜覆盖保温。浮膜覆盖是日光温室深冬生产蔬菜时，傍晚放草苫后在草苫上面盖上一层薄膜，周围用装有少量土的编织袋压紧，这浮膜一般用聚乙烯薄膜，幅宽相当于草苫的长度，浮膜的长度相当于温室的长度，厚度 0.07～0.1mm。⑧设置保温幕，即在温室顶部、后墙、棚前处各设置一层薄膜，膜与膜的衔接处用夹子夹着，形成室中的二次覆盖。冬季晴天时棚顶的二次膜拉开，晚上和连续阴雪天可封闭二次膜保温。⑨必要时必须采取人工加温措施，当棚温降至 6℃、10cm 地温降至 10℃ 以下时，要采取临时人工加温。可用烧后无烟的玉米芯，或木炭、焦炭燃烧加温。

61. 日光温室茄子冬春季节如何用生石灰除湿

冬春季节棚室环境密闭，再加上茄子需求水分的量较大，如果棚室内空气湿度过大，会导致很多病害的发生，如灰霉病、菌核病等高温高湿条件下易发生的病害，严重影响茄子产量。因此，农民朋友在进行农事操作时，必须合理调整棚室内的相对湿度。可采取用生石灰块来增温降湿。

生石灰是一种极易吸水的常用干燥剂，它会和水发生化学反应，生成熟石灰，同时放出热量，其化学反应式是：

$$CaO(生石灰) + H_2O(水) \longrightarrow Ca(OH)_2(熟石灰) + 热量$$

从上式可以看出，整个化学反应过程，就是一个吸潮放热的过程，可谓一举两得。

具体做法是：采用新鲜的（最好是刚出窑的）生石灰块，均匀地分堆摆放于棚内作物行间，下垫塑料布等隔潮物以防止它直接从土壤中吸水，这样，它便会很快吸收棚中的潮气，使棚内湿度下降，温度上升，形成良性循环。至于生石灰用量多少，则要根据棚内湿度大小、温度高低等灵活掌握，用量愈大，除湿增温效果愈好。

吸水后的石灰块，会逐渐粉碎成石灰粉，可用于土壤消毒、配制农药（如石硫合剂、波尔多液）、作为钙肥等多个方面，一点也浪费不了。

62. 冬季日光温室茄子如何维持适宜的地温

在茄子生产中，适宜的地温往往是茄子优质丰产的基础。而菜农往往对棚内地温的调控重视不够，常造成棚室茄子生长不良、产量降低。那么，在冬季如何调控好茄子日光温室的地温，为茄子营造一个温暖的生长环境呢？应做好以下几点。

（1）调控好棚内的温度 棚内温度是影响地温的一个最重要的因素。关于提高棚内气温的措施大家都非常熟悉，如加厚草苫、盖浮膜、电灯泡增温、建棚中棚、采用水枕头增温法和挖排寒沟防寒等。也就是说，只有在保证棚内有较高气温的前提下，才能有较高的地温。因此，在深冬季节地温偏低的情况下，应将棚内温度提高，以气温促地温回升。

（2）合理浇水　一要注意浇水的时间，在冬季，一般应选在晴天的上午浇水，这样在浇水后土壤才有充分的提温排湿时间；二是要注意浇水量，一次性浇水过多，水温低，水的比热大，地温不容易恢复。因此，提倡浇水应少量多次。尤其在深冬季节，在地温过低的情况下一次性浇水过大，很容易造成茄子沤根。在一般情况下，浇水后的当天和第二天要把棚温提高 2～3℃。因此，提醒菜农冬季浇水一定要科学合理，有条件的地方最好使用微灌。

（3）注意盖地膜　地膜覆盖是一种增加地温的好方法，需要注意的是，地膜应适当晚盖，越冬茬茄子最好在立冬后盖膜，因盖膜过早不利于茄子根系深扎，在严冬棚温过低的情况下容易冻伤根系。

（4）栽培行内覆盖秸秆　在茄子栽培行内覆盖秸秆或稻壳粪也是一项保持地温稳定的措施。这一措施已被寿光菜农广泛采用。秸秆或稻壳粪在发酵腐熟的过程中，释放的热量和二氧化碳要比作物秸秆高许多倍，很有推广价值。

63. 日光温室茄子为什么选用高垄栽培

根据温室茄子生长特点及栽培环境特点，要求采用高垄（图4-1）栽培茄子，不要采用平畦栽培茄子。其主要目的是：①易于覆盖地膜，便于进行地膜覆盖栽培（见书前彩图4-1）；②浇水后地面不板结，土壤疏松，透气性好，冬春季节地温高；③可根据需要进行隔沟浇水或逐沟浇水，浇水量易于控制；④覆盖地膜后，可进行地膜下浇暗水，避免浇水后引起空气湿度过高，防病效果好。

起高垄时，要特别注意以下几条：一是南北向起垄，大垄沟和小垄沟的沟底都要基本水平；二是在整平的地面上先按大行距60～80cm、小行距 50～60cm 起垄，顺小行距覆盖地膜，形成膜下暗沟，以便顺暗沟浇水。

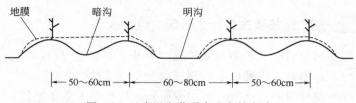

图 4-1　日光温室茄子高垄定植方式

64. **日光温室冬春茬茄子为什么要求采用地膜覆盖栽培**

　　日光温室冬春茬茄子要求采用地膜覆盖栽培形式的主要原因如下。①减缓地面热量散失，提高土壤温度。可提高 5 厘米处地温2～3℃。②降低空气湿度，减少病害发生。温室冬春茬茄子入冬后，温室内的温度下降比较快，温度偏低，通风量也相应减少，空气湿度容易偏高，而加重茄子病害发生。采取地膜覆盖栽培，能够减少地面的水分蒸发，以克服温室通风量不足所带来的空气湿度过高问题。③有利于浇水管理。采取地膜覆盖栽培，利用地膜的隔水特性，在地膜下直接进行浇暗水，浇水方便也不伤根，也有利于温室内的浇水管理。④有利于改善土壤环境条件。地膜覆盖保持了土壤疏松，防止了浇水过多发生的地面板结。⑤用地膜阻隔土壤中的肥气挥发，避免茄子植株发生有害气体中毒。

　　温室冬春茬茄子一般 10 月上旬定植，定植后一段时间内，温度比较高，光照也较强，一般定植后不要马上覆盖地膜，等到缓苗开始发棵后覆盖地膜。另外，采取先栽苗后培土起垄法种植时，也必须先栽苗后覆盖地膜。但地膜也不宜覆盖过晚，否则覆盖地膜时植株已长大，不仅不利于操作，也容易伤害茎叶。适宜的地膜覆盖时期为茄子发棵初期。

　　高垄栽培应采取隔沟支拱法覆盖地膜。覆膜后用刀片在育苗相对应处划一"一"字形的口，把苗从口领出。应用粗钢丝将地膜拱起，在种植行的小行距两头固定木桩，木桩比垄稍高，两木桩上拉一粗钢丝，覆盖地膜时将其覆于钢丝之上即能完成起拱覆盖。

65. 茄子整枝要注意什么问题？为什么

概括起来讲，茄子整枝应注意以下 6 个方面的问题。

（1）抹侧枝　门茄以下的侧枝应及早全部抹掉。

（2）整枝时间要适宜　为减少发病，应选晴天上午整枝，不要在阴天或傍晚整枝，以免抹枝后伤口不能及时愈合，感染病菌，引起发病。

（3）整枝抹枝时机要适宜　抹枝不宜太早，利用侧枝诱使根系扩展，扩大根群。适宜的抹枝时机是侧枝长到 6～8cm 长。

（4）整枝抹枝的位置要适宜　要从侧枝基部 1cm 左右远处将侧枝抹掉，留下部分短茬保护枝干。不要紧贴枝干将侧枝抹掉，避免伤口感染病后，直接感染枝干。同时也避免枝干上留一个大的伤疤，妨碍枝干的营养流动。

（5）整枝抹枝的用具要适宜　要用剪刀或快刀将侧枝从枝干上剪掉或割掉，不要折断硬劈，避免伤口过大或拉伤茎秆表皮。

（6）不要伤害茎叶　抹枝时的动作要快，不要拉断枝条，也不要碰断枝条，或损伤叶片。

66. 日光温室茄子怎样进行吊架

日光温室茄子适宜吊架栽培，这是因为支架栽培用支架数量比较多，不仅妨碍田间操作，而且遮光也比较严重，同时支架竿费用较高，增加生产成本。

（1）吊架方式　通常有 2 种方式。

方式一：定植后茄子生出 1～2 片新叶时开始吊架（吊蔓）。日光温室内设有专供吊架用的东西向拉紧钢丝（24 号或 26 号钢丝）3 道，在东西向拉紧吊架钢丝上，按棚室上南北向茄子行的行距，设置上顺行吊架铁丝（一般用 14 号铁丝）；在顺行吊架铁丝上，按本行中的株距挂上垂至近地面的尼龙绳作吊绳。将绳的一端系在茄子栽培行上方的铁丝上，下端用宽松的活口系到侧枝的基部，每条侧枝一根绳。用绳将侧枝轻轻缠绕住，是侧枝按要求的方向生长。

吊架的主要好处是：可通过移动套拴于东西向拉紧吊架钢丝上的吊架铁丝相邻之间的距离，来调节吊架茎蔓的行距大小，也可通过移动吊架铁丝上的吊绳相邻之间距离，来调节吊蔓株距大小，如此，可使茎叶分布均匀，充分利用空间和改善行、株间透光条件。

方式二：在设好常规吊绳钢丝的基础上，再在种植行南北两头，距地面 25cm 处，顺种植行扯一根钢丝，该钢丝用于固定吊绳下端。用时，把上面钢丝上的吊绳向下扯紧拴在下面的钢丝上，然后把茄子茎蔓直接盘绕在吊绳上，无需再在茎蔓上系扣。

方式一吊蔓，吊绳的下端拴在茄子植株上。随着茎秆变粗，坐果增多，吊绳往往会"勒"进茄子茎秆内，影响养分及水分的正常运输，甚至勒断茎蔓，得不偿失。改用方式二吊蔓，虽然每个种植行多用了一根钢丝，但把吊绳下端系在钢丝上，不仅可以避免"勒伤"茎秆，而且落蔓时，操作起来非常方便，减少了劳动力。

（2）吊绳的选用　茄子吊架应选用无色塑料绳（见书前彩图4-2）。

67. 吊架引蔓应注意哪些问题

概括起来讲，茄子吊架，引蔓应注意以下 6 个方面的问题。

①缠蔓的动作要轻，不要折断枝蔓。②吊绳不要太紧，防止拉断侧枝或将植株从地里拔出。适宜的吊绳松紧度是缠枝蔓后，枝干能够在小范围内四下摇摆。③要根据植株的生长状况确定枝干的倾斜度。一般来讲，生长势较强且有徒长趋势的植株，应采取大角度斜拉枝法，抑制枝干的生长速度，促进果实发育；生长偏弱品种应采取小角度斜拉枝干，保持枝干一定的生长势，延长结果期。④要选晴暖天午后，植株枝干失水、质地变的较柔软时进行吊蔓。⑤系蔓的绳扣不要太紧，防止勒断枝干。且定期松动绳扣，一般 20～30 天松动 1 次。⑥结合缠蔓，将枝干上的老叶、病叶以及病果等

打掉。

68. 茄子幼苗期怎样进行田间诊断

幼苗期若叶片展开不久，叶片颜色加深或出现紫色，是苗床温度特别是土壤温度较低的表现。当苗床土壤温度过低，且持续时间较长时，幼苗叶片无光泽，或叶缘干枯，此时根部不仅没有新根长出，且根的颜色暗淡、变褐。苗床土壤氮肥充足、夜间温度适宜，则叶片肥大、厚实、叶色浓绿；反之，氮肥不足、夜间温度高、光照不足等，常造成叶色淡、叶片薄。当夜间温度过高时，植株还表现为叶柄和茎的夹角变小，顶部新叶的尖端下垂。

69. 茄子结果期怎样进行田间诊断

植株最上面的花将开放时顶梢部分应有已展开的幼叶 2～3 片，只有 1～2 片展开时，是长势弱的表现，从上向下看，已开花部位距顶端应有 10～15cm 距离。如不足 10cm，是长势弱的表现。靠近顶端的幼叶在夜间直立向上，表明根系机能正常，反之，则可能是根系受到损伤，灌水不足或地温偏低。茄子果实着色不好主要是受光不良或昼夜温差小，摘除部分叶片可有所改善，但不可过多，否则影响果实膨大，植株长势变弱。果实无光泽表明土壤缺水或根系在低温条件下机能受到影响。激素处理浓度过高或使用后温度高会使果实发皱或裂果。在花柱头上涂 2,4-D 会引起裂果现象。中后期温度管理要比采收前高一些，上午 26～32℃，下午 24～30℃，上半夜 18～24℃，下半夜 15～18℃。

70. 夏季日光温室内温度偏高怎么办

夏季日光温室内温度偏高的主要原因是强光照射温室以及温室通风不足。

①采取遮阳措施，避免强光照射。②多设通风口，并全部打开，散热降温。调节棚内的温度、湿度和二氧化碳的浓度，把高

温、高湿和有害气体尽快排出，补充新鲜空气。③浇水、喷水、减少地热储存。在异常高热的条件下，适时浇水，可使地面降温1～3℃，用清水直喷叶面，可降温1℃左右。浇水后可在地面覆盖麦秸等。④根外喷肥。用磷酸二氢钾。过磷酸钙及草木灰液连续对茄子叶面喷施，既有利于增湿、降温，又能补充水分和养分。应注意气温越高，越要增加用水量，喷施浓度要低于常量。⑤喷施植物生长调节剂。茄子喷洒200mg/kg的比久（丁酰肼）溶液，可提高植株抗热性。

71. 日光温室茄子越夏季节如何正确覆盖遮阳网

遮阳网（见书前彩图4-3）又名遮阴网、遮光网，是以高密度聚乙烯作基础原料，并加入防老化剂和其他助剂，熔化后经拉丝编织成的一种轻型、高强度、耐老化的新型网状农用塑料覆盖材料。

（1）主要功用　①降低棚内气温及土温，改善田间小气候。使用遮阳网可显著降低进入日光温室内的光照强度，有效降低热辐射，从而降低气温和地温，改善茄子生长的小气候环境。一般使用遮阳网可使日光温室内的气温较外界降低2～3℃，同时有效避免了强光照对茄子生产的危害。据测定：高温季节可降低畦面温度4.59～5℃，炎热夏天最大降温幅度为9～12℃。②改善土壤理化性。雨季菜地经常变板结，但用遮阳网能保持土壤良好的团粒结构和通透性，增加土壤氧气含量，有利于根系的深扎和生长，促进地上部植株生产，达到增产目的，还能使雨天直播或育苗的种子出土良好。③减少土壤水分蒸发。据调查，覆盖遮阳网后，土壤水分蒸发量比露天栽培减少60%以上。有效地保持了土壤的湿润，防止畦面板结。④遮挡雨水遮阳网。能防止大暴雨直接冲刷畦面，保护植株和幼苗不受暴雨侵害，提高商品率和商品性状。据测试，采用遮阳网覆盖后，暴雨冲击力比露地栽培降低98%，降雨量减少13.29%～22.83%。⑤避害虫、防病害。据调查，遮阳网避蚜效果达88.8%～100%，对茄子病毒病防效为89.8%～95.5%，并能抑制多种蔬菜病害的发生和蔓延。

（2）选用原则　①茄子为喜温中、强光性蔬菜，夏秋季生产，根据光照强度选用银灰网或选用黑色 SZW-10 等遮光率较低的黑色遮阳网；避蚜、防病毒病，最好选用 SZW-12、SZW-14 等银灰网或黑灰配色遮阳网覆盖。②夏秋季育苗或缓苗短期覆盖，多选用黑色遮阳网覆盖。为防病毒病，亦可选用银灰网或黑灰配色遮阳网覆盖。③全天候覆盖的，宜选用遮光率低于 40％的网，或黑灰配色网覆盖。

（3）覆盖方式　覆盖方式主要以顶盖法和一网一膜两种方式为主。顶盖法是指在温室的二重幕支架上覆盖遮阳网；一网一膜覆盖方式是指覆盖在温室上的薄膜，仅揭除围裙膜，顶膜不揭，而是在顶膜外面再覆盖遮阳网。在寿光地区大多采用一网一膜覆盖方式。

（4）遮阳网覆盖栽培的技术原则　看天、看作物灵活揭盖；晴天白天盖，晚上揭；阴天全天不盖。30℃以上温度，一般从上午 8 时到下午 4 时覆盖。

72. 越夏季节如何早防茄子败秧

越夏茄子因气候炎热，较难管理，若管理措施跟不上，极易过早地出现败秧现象。因此，此期内越夏茄子应采取措施加强管理，促进植株健壮生长，使其多出产量，主要应做到以下几点。

（1）及时整枝打杈、减少营养消耗　夏天温度高，极易出现旺长，致使营养生长与生殖生长失衡，很容易导致植株结过三四茬果之后就开始败秧。为控制植株长势，减少营养消耗，最直接的办法就是及时整枝打杈。并及时地摘除植株下部的老叶、枯叶和病叶，这样不仅可以减少营养消耗，还能有效地控制病害的传播和蔓延，有利于通风透光，促进植株苗壮生长。

（2）喷用生长调节剂，促进植株生长势　植株生长较弱时，可叶面喷施芸薹素内酯；叶变黄时可喷用细胞分裂素；防根早衰可喷用 6000～8000 倍的爱多收。

（3）合理浇水施肥，避免根系受伤　防止植株衰老的关键措施是：及时浇水施肥，为植株的生长发育提供充足的养分。但追肥要科学合理，以免因肥水不当加速植株早衰。追肥的最佳时期是在每茬果实采收后，夏季可随浇水冲施腐熟的鸡粪，混加适量的钾肥，一般可每次每亩加 8～10kg，也可冲施高钾复合肥，每次每亩以冲施 15～20kg 为宜。浇水宜在上午 10 时以前或下午 4 时以后进行，切忌中午浇水。浇水量不要过大，忌大水漫灌，以免造成根系受伤，导致植株早衰败秧。

（4）防病治虫　保证植株健壮生长。

（5）及时采收　为促使植株早结下茬果，茄子提倡早收果实。这样不仅可以减少养分消耗，而且可以防止植株过早衰老，还能促进植株多结果。

73. 茄子行间覆草有什么好处？如何操作

日光温室茄子一般都采取高低垄种植。高垄覆地膜，两个高垄中间留 35cm 左右的空行，作为田间管理和采摘茄子时的人行道。据试验，在空背上覆草是实现茄子优质高产行之有效的实用技术。其好处如下。①提高地温。空行覆草后，白天能吸收一定热量，同时，杂草腐烂过程中散发的热量，可明显增加室内温度；夜间可防止热量扩散。②防止土壤板结。进行田间管理和采摘茄子需经常行走在空行上，导致土壤板结。而覆草后土壤通透性良好，从而为根系向地表伸展、扩大水肥吸收范围创造了有利条件。③提高土壤肥力。据测定，每亩覆草 750kg 腐熟后，提供的氮、磷、钾养分相当于硫酸铵 18.75kg、过磷酸钙 6.25kg、硫酸钾 3.75kg，并且能抑制杂草生长。④省工省水。据调查，栽培冬春茬茄子，从摘第一个果实到拉秧，覆草后一般可减少浇水 5～8 次，每亩节约用水 200m³，节省人工 12 个左右。⑤减轻病害。温室中的水分和湿度是诱发茄子绵疫病的重要条件之一。空行覆草后，减少了地表水分的蒸发，有效地控制了室内湿度，从而在一定程度上能减轻绵疫病和其他病害的发生和危害。

覆草的具体做法：把各种杂草、麦秸、玉米秸、稻草等铡成10cm左右的小段，在茄子结果前，秧苗不太高时，选择晴天12～14时铺在空行上，厚度一般以5cm左右为宜。

74. 越冬茄子如何应对阴雨雪天气

冬季阴雨雪天气，会造成保护地低温、高湿、寡照等不利于茄子生长发育的环境条件，尤其是连续几天的低温阴雾天气会给越冬茄子造成很大的危害，发生低温冷害的棚室茄子轻者植株生长停止；重者植株萎蔫死棵，提前拉秧。对于这种情况要尽可能的创造适宜茄子生长发育的条件，把损失降到最低。

（1）防寒保温增加光照　冬季要注意收看天气预报，当寒流和阴雨雪天气到来之前，要严闭棚室，夜间加盖整体浮膜（既盖草苫后，再覆盖一整体薄膜），棚室后墙和山墙达不到应有厚度的，可在墙外加护草及薄膜等加强保温。必要时向阳面的棚室底角夜间增盖一层草苫以提高棚室内夜间的温度，甚至在严寒季节可以在棚前脸加盖麦草或其他覆盖物以加强保温。

只要不下雨、不下雪，都要坚持拉开草苫，利用微弱的散射光增加棚内温度，补充光照，使茄子植株进行光合作用，避免茄子植株长时间处于黑暗状态造成根、茎、叶生长严重失衡。此外还要经常清扫日光温室棚膜表面，增加棚膜透光率，增强茄子植株的光合作用。

为了保温，阴雨雪天气时一般情况下不放风，但当棚内空气湿度超过85％时，可在中午前后短时间开顶风口，放小风排湿。每天拉开草苫时间的长短可根据棚温的变化而定，揭开草苫后，若温度下降，应随揭随盖；若温度稍有回升，可以在下午2～3时以前把覆盖物重新盖好。阴天时要尽量减少出入棚室的次数，尽可能保持棚温。

持续阴天时间过长，就应在棚内设置灯泡提温增光。可在棚室中间，每间设置灯泡一个，若遇上雨雪天气，上午不能拉开草苫，应打开灯泡，若夜温过低，可在下午5时左右将灯泡打开，到夜间 10 时左右关闭,可有效提高棚温 2～3℃。

(2) 预防病害发生流行　很多种病害都是在低温、高湿的条件下发生流行的,所以阴雨雪天气时降低棚内湿度成为预防病害发生流行的最主要手段。在棚内温度低不宜进行通风降湿时,可通过田间撒施草木灰的方法吸湿,降低棚内湿度,减轻病害的发生。病害发生后不宜采用喷雾的方法防治,应采用熏烟或喷粉尘剂的办法进行防治病害。

使用滴灌对茄子进行浇水、施肥,能大大降低棚内湿度,减少病害的发生。

75. 冬季连阴天过后如何对茄子进行管理

当连阴天过后,天气转晴时,不要急于一下子将草苫全部拉开,要避免植株在阳光下直射而造成茄子植株萎蔫,要采取"揭花帘"的方法逐步增温增光,对受强光照而出现萎蔫现象的植株及时放草苫遮阳,并随即喷洒 15～20℃的温水,同时注意逐渐通风,防止闪秧闪苗。若保护地使用了卷帘机,可以通过分次拉帘的方法拉草苫见光,即第一次先拉开 1/3,不出现萎蔫时再拉起 1/3,第三次才将棚全部拉开,让茄子有一段适应过程,防止急性萎蔫发生。

另外,若出现了受冻植株,可先通过喷温水(温度不能太高,可以掌握在 10～15℃,根据当时的具体情况而定,受冻严重时,水的温度要稍低)的方法进行缓解,再用爱多收 6000 倍液或纳米磁能液(由达到纳米级程度的中药等萃取液提炼而成,含硼、钼、锌、铁、铜、镁等微量元素)2500 倍液进行叶面喷洒,以促进植株生长加快。

不良天气时坐下的茄子即使没有焦化,也会因营养不良出现大批畸形茄,可适当摘除一部分。

连阴天后,茄子的根系会受到不同程度的伤害,就会降低其对水分养分的吸收能力,因此,天气转晴后,可以喷施爱多收、丰产素(主要成分复硝钠)等叶面肥,增加营养元素,也可以用甲壳素等灌根，补充营养，促进新根生成。

76. 怎样减轻大雾对茄子的影响

我国北方冬季经常出现大雾天气。只要有雾，日光温室中的茄子生长发育就受影响，特别是连续的大雾天气，严重影响日光温室茄子的产量和品质。

（1）改善光照条件　在有可能的情况下，用人工补光。由于大雾天气仍有散射光可供茄子利用，所以只要温度条件许可，仍应及时揭盖草苫，让茄子见光。即使温度较低的时候，也不能连续几天不揭草苫，应在中午短时间揭草苫子让茄子见光，防止长时间在黑暗环境中捂黄叶片。

（2）及时喷施药物防治病害　在喷药时，加入0.2%的磷酸二氢钾和有机钙、锌、铁等叶面肥，补充植株的钾、钙等供应，解决根系吸收障碍，防止植株缺乏上述肥料元素导致的症状发生。同时，可增加细胞液的浓度，增强植株的抗寒能力。

（3）喷施芸薹素促进生长　寒冬每20天喷施芸薹素——硕丰481 10000倍液1次，促进光合作用进行，增强植株抗寒力，促进根系的生长发育。

（4）注意草苫的拉放　连续大雾天突然变晴后，应在中午光照过强时，"隔一盖一"盖上草苫，下午再揭开，防止光照过强导致叶片萎蔫以及泡泡病的发生。

77. 茄子的"阶梯"形整枝方式有哪些主要技术要点

（1）技术要点　在植株定植后主茎第一朵花以下保留一个侧芽，与主茎共同形成的2条主干呈"Y"形分布。将这2条主干逐渐培养为结果母枝。每条结果母枝依次培养7条结果短枝，每条结果短枝坐住1个果时在果后保留2片叶摘心。每条结果短枝上的茄子采摘后在距结果母枝1cm处用剪刀把该结果短枝剪掉，促使其基部潜伏芽萌发并再次生长成结果短枝；如此类推，以后长出的结果短枝都是这样在果实膨大时就摘心，在采摘果后就剪枝，让结果母枝的各个结果短枝基部潜伏芽由下而上不断循环萌发开花结果。结果母枝和结果短枝的培养，2条主干在生长过程中每隔2～3片叶着生1朵雌花，雌花下面形成均衡的双权分枝，其中1条分枝培养成结果短枝，另1条分枝作为结果母枝的一部分让其继续生长，再隔2～3片叶又着生1朵雌花，雌花下面又形成均衡的双权分枝，按上述方法1条分枝培养成结果短枝，另1条分枝作为结果母枝的一部分让其继续生长。这样自下而上呈现规律的双权分枝，各层分枝1条培养成结果短枝，另1条分枝作为结果母枝的一部分让其继续生长，直至依次出现7条结果短枝后，与这条结果短枝对应出现的分枝长出2片叶后打顶。

（2）优点　利用茄子侧枝分权能力强的特点，不断打顶使其连续坐果。采用这种方式整枝的植株不分大小茬，能不断打顶，不断结果，可增加茄子整个生长期的产量。

（3）注意事项　采用"阶梯"形整枝方式整枝，结果多，植株需要养分亦多，因此，要加强肥水管理，防止植株脱肥。

78. 茄子"V"形整枝栽培有哪些技术要点

茄子"V"形整枝栽培是茄子四干整枝的一种特殊方式。

（1）技术要点　①栽植方式。由于"V"形整枝主枝生长旺盛，因此行距较一般双干整枝、三干整枝方式要宽，采用起垄种植，垄距0.9～1m，垄高0.2～0.3m，定植株距0.7m。②整枝方式。茄子自主干高约60cm处留4枝主枝，以此为结果母枝，其下的各侧芽均应及早摘除，以节省养分及保持通风透光。由结果母枝上结果短枝结茄果后留1叶去除，以充分供应养分，促进生育。③搭支架。茄子结果量多，须用竹子于茄子主干两边斜插成"V"形，高度约为2m，再用细竹纵横架住，结缚于"V"形支架上，为结果母枝支架用，以防果实靠地发生腐烂，并可促进果实发育，以利着色，提高品质。④施肥。"V"形整枝的茄子生育结果期甚长，为使其能正常生长结果，宜适量施肥，除各施有机质肥料作期肥外，结果期间每隔半个月，每亩地施用氮、磷、钾、镁成分15：15：15：4的复合肥料40～50kg一次，并视生育及结果情形加以调整。

（2）采用"V"形整枝方式的优点　①产量高，品质佳，茄子弯曲少。②调整产期，提早结果期且采收期长。③作业方便，喷药、采收较容易。④通风，日照充足，病虫害发生减少。⑤减少喷药次数及用量，降低成本。

79. 什么是茄子双主蔓平面整枝技术

（1）技术要点　茄子在分权时，要留长势粗壮一致、比较均匀的两条枝作主蔓，实行双主蔓整枝，并一南一北延伸。当主蔓长到约1m高时开始吊绳，待主蔓长到钢丝高时，摘除茄子后，人工强制茄子主蔓弯腰向下贴近地面，与地面几乎平行，主蔓最前端70～80cm用吊绳吊直并开花结果。以后每当茄子主蔓长到1.8～2m到达钢丝后就要向前倾斜放蔓，落到70～80cm高时重新把主蔓吊好。如此操作3～4次就可以。

在整枝过程中需要及时摘除腋间长出的枝权和贴近地面的叶片，只保留一南一北两条主蔓生长，果实最下部至少保留3～4片功能叶，以保证有足够的营养集中供应主蔓上正在生长的茄子。

（2）优点　茄子双主蔓平面整枝能够改善光照，增加植株间的透光性。功能叶大、叶厚，光照条件好，叶功能提高。因通风、透光条件好，病害也不容易发生。

（3）注意事项　第一次落蔓时倾斜角度不宜过大，否则易折断，如果不小心折断了，不要扔掉断枝，应将折断部位用绳捆好，能够继续生长。

80. 什么是茄子顺时落蔓整枝技术

顺时落蔓整枝是一种主枝连续结果的整枝方式。即主枝不摘心，侧枝全抹除，整个生育期保持以主枝结果并向上生长的态势。

（1）技术要求　以距离地面 180cm 为准，即吊绳所系南北向钢丝的距地高度。当植株长到 60cm 左右时，开始吊蔓，待植株高出钢丝 20cm 左右时，将茄子主蔓顺时针弯向种植行内侧。用手按着枝蔓中部向下弯曲，不能一次控蔓太低，太低会影响植株生长，控蔓高度在 100cm 左右，然后用吊绳把主蔓上部固定。固定时，主蔓应向种植行内；如果向外，植株生长时使行距变小，进行农事操作时不方便。在同一种植行内，先把其中一边第一棵枝蔓绕向一边固定，把第二棵绕到第一棵的位置用吊绳固定，依此类推。落蔓的过程中要及时清除下部老叶、黄叶、病叶，以免对植株造成影响。见书前彩图 4-4。

（2）优点　顺时落蔓整枝方式与双主蔓平面交叉式整枝对比，优点多，如交叉式整枝容易把茄子枝蔓折断，所以顺时落蔓的整枝方式被寿光市菜农广泛应用。

81. 什么是茄子层梯式互控整枝技术

（1）技术要点　待门茄坐果后，适当摘除基部 1～2 片老、黄叶，门茄采收后将其下部叶片全部打掉。从对茄开始，通过打杈让主干与侧枝相互交替结果，每层主杈留 2 个侧干，侧干留 2 个侧枝，共留 4 个枝，每枝结 1 个茄子，每层结 4 个茄子，以后成层梯式循环交替留 4 个枝结 4 个茄子，每个茄子下只留 2 片叶，其余老叶和多余侧枝全部打去，当选留的侧枝生长点变细、花蕾变小时，及时掐头，促发下部侧枝再开花结果；当茄子出现早衰或歇秧时，及时打去老叶，7～8 天后新叶就可发出，而且干枝头继续结果。茄子生产周期结束时，视植株长势和市价行情，及时拉秧或平茬再生栽培。

（2）日光温室茄子采用层梯式互控整枝新技术，不仅能克服早衰，均衡营养供应，而且提质增效十分明显，比传统双干整枝方式产量提高 10% 以上，单株结果数最高达到 80 个以上。

82. 茄子高密度栽培有哪些关键技术措施

茄子高密度栽培法是在茄子常规定植的株距和行距条件下，将单株定植改成双株定植，即把茄子的定植密度扩大一倍的栽培法。此法可显著提高茄子的前期产量，增加经济效益。其栽培要点如下。

（1）选用良种　宜选用早熟、高产、抗病的茄子品种。

（2）培育壮苗　适期播种，采用穴盘育苗，不分苗。此后至秧苗现蕾时定植，密度以每亩 6600～7000 株为宜。

（3）植后管理　定植后要加强温度管理，确保及早缓苗。缓苗后调节好水肥管理，合理整枝，及时防治病虫害。

（4）单干整枝　这是茄子高密度高产栽培的关键措施。具体做法是：在门茄下不留侧枝，对门茄下第一个侧枝也要剪掉，对茄"瞪眼"时保留 1 个侧枝。若门茄未坐住，要相应保留门茄下第一侧枝坐果。这样每株留 3 个茄子，在果实上部留 2～3 片叶摘心。

83. 日光温室茄子如何进行套袋栽培

推广茄子套袋技术，可有效解决果实中的农药残留量超标问题，进而取得较好的经济效益。

（1）纸袋的选择　一般选用红色纸袋，纸袋要具有防水、抗晒、防菌、防虫的性能。也可选用聚乙烯塑料袋，但袋的下端必须留有透气孔。

（2）套袋前的准备　套袋前喷洒 1 次扑海因（异菌脲）或杀毒矾（主要成分为噁唑烷酮与代森锰锌）溶液，以起到杀菌和净化果面的作用。

（3）套袋时间及方法　套袋时期应选在茄子"瞪眼期"，套袋时间以晴天上午 8 时至下午 5 时为好。套袋前将整捆的纸袋放在潮湿处，使纸袋湿润、柔韧。在套袋过程中应尽量让幼果在袋内悬空，捆扎不要过紧，否则会影响其生长。

（4）肥水管理　套袋茄子应加强肥水管理和叶片保护，每隔 7～10 天喷洒 1 遍光合微肥（主要成分为光呼吸抑制及营养元素），以促使植株健壮生长，满足果实的生长需要。植株进入结果后期，每隔 7 天每亩冲施 10kg 尿素。7～8 月份注意防治烟青虫及棉铃虫。

（5）采收　开花后 20～23 天，茄子萼片处果面色泽和白色环带由亮变暗、由宽变窄时即可采摘。应注意记下套袋及开花时间，以免造成茄子生长期过长，影响其经济价值。由于茄子可连续结果，采收后纸袋可重复使用 1～2 次。

84. 什么是茄子"一边倒"栽培技术

（1）技术要点　在植株定植后进行主干除蘖，只培育 1 条主干。通过吊绳的设置和调节使主干向北倾斜，与地面的夹角呈 45° 左右。主干上依次培育 8～10 条结果枝。结果枝坐住 1 个果时在果后保留 2 片叶摘心。每条结果枝上的茄子采摘后应在距主干 0.8～1.2cm 处用剪刀把该结果枝剪断，促使其基部潜伏芽萌发并再次生长成结果枝；如此类推，凡长出的结果枝都是这样在果实膨大时就摘心，在采摘果后就剪枝，让各个结果枝基部潜伏芽由下而上不断循环萌发开花结果。

吊绳的设置和调节，日光温室内设有专供吊架用的东西向拉紧钢丝（24 号或 26 号）三道，在东西向拉紧吊架钢丝上，按棚室上南北向茄子行的行距，设置上顺行吊架铁丝（14 号）；在顺行吊架铁丝上，按本行中的株距挂上垂至近地面的尼龙绳作吊绳。吊绳下部系在植株基部，缠绕主干，上部系在顺行吊架铁丝上，通过调节吊绳在钢丝上所系位置，调节主干的倾斜度。

主干和结果枝的培养方法为：主干生长到一定节位后着生 1 朵雌花，雌花下面形成均衡的双杈分枝，其中 1 条分枝培养成结果枝，另 1 条分枝作为主干的一部分让其继续生长，隔 2～3 片叶又着生 1 朵雌花，雌花下面又形成均衡的双杈分枝，按上述方法 1 条分枝培养成结果枝，另 1 条分枝作为主干的一部分让其继续生长。这样自下而上呈现规律的双杈分枝，各层分枝 1 条培养成结果枝，另 1 条分枝作为主干的一部分继续生长，直至依次出现 8～10 条结果枝后，与这条结果枝对应出现的分枝长出 2 片叶后打顶。

（2）优点　①增加密度。②早熟。③可解决多次落蔓的问题，减少用工。④可避免操作中茎、枝折断等情况的发生。⑤植株高度可下降 1/3，有利于整枝、蘸花、采收及病虫害防治等管理操作。⑥果实较直蔓上架的大，商品性好。

（3）注意事项 只有在阳光直射到植物体上时，光线才能完全被植物体吸收。否则，光线便被折射掉了一部分，造成了太阳能的浪费。但随着不同季节阳光直射点的差异，也要适时地调整一下茄子主干的倾斜角度。例如，在夏季阳光直射点比较高时，茄子主干的倾斜角度要略小于 45°；而在冬季阳光直射点偏低时，茄子的主茎倾斜角度要略大于 45°。

85. 怎样采用"手捏蹲苗法"防止茄子疯长

"疯长"指茄子在生长期间的非正常旺长，主要表现为"徒长"、"狂长"。"疯长"是造成苗（枝）抽生太长，枝叶过旺，苗（枝、叶）间相互遮挡，通风受光不良，植株开花少，落果少，产量低，品质差的一大障碍因子。

常规解决"疯长"的办法有两种：一是采用深中耕的物理办法切断部分根系控制生长；二是采取喷洒多效唑、缩节胺、矮壮素等植物生长调节剂的化控方法抑制生长。这两种方法虽然对防止茄子的"疯长"有作用，但是有两大缺点：第一，将不需要防"疯长"的小苗、弱枝都控制，抑制不长成了"僵苗"；第二，有污染、有残留，稍有不慎，就会对果实的优质和安全造成影响。

手捏蹲苗技术是寿光市菜农在摸索蔬菜高产、优质、安全生产经验中革新出的一种防止茄苗"疯长"的实用技术。这项技术不用投资、不用农药，只要手眼配合即可。

其方法是：两眼看准"疯长"的茄子植株，从苗（枝）顶上往下数，在第三叶以下节间处用两个手指轻轻一捏，让其放"响"出水，使之输导组织暂时受损不能向上输送养分而"蹲苗"停"长"。待 3~5 天捏过的伤口部分愈合成一个"疙瘩"后再恢复正常生长。此时，周围没被"捏"的弱苗、小苗、弱枝、小枝都在生长，大部分赶上了被"蹲"成壮苗的原"疯长"苗，使茄苗都长成了生长一致的高产、优质壮苗。农民朋友夸这种办法是"咔嚓一响，头头不长，兄弟伸腰，老大投降，哥哥等弟弟，弟弟赶哥哥，一家兄弟都壮长，高产优质没话讲"。

86. 日光温室茄子生产如何采用化控技术

（1）培育壮苗　用助壮素 100～300ml/kg，在茄子 3～4 片叶时喷洒植株，可使秧苗矮壮，叶片厚而坚实。用 5～10ml/kg 的烯效唑，在幼苗 3～5 片叶时喷 1 次也可取得良好效果。

（2）控制徒长，促花促果　在茄子定植缓苗，进入旺盛生长期后，每隔 10 天喷 1 次 100～300mg/kg 助壮素，共喷 2 次；或在茄子生长旺盛期喷 1 次 5～20mg/kg 的烯效唑。以上方法均可使茄子植株矮化，根系发达，增强光合作用，促进花果发育和茄子早熟增产。

（3）防止落花落果　利用植物生长调节剂对茄子进行化学调控，可有效防止茄子落花，方法简便。一是利用 2,4-D。主要对茄子植株下部的花，最好在开花期前后 1～2 天内用药。使用浓度为 20～50mg/kg。使用方法有浸花和涂花两种。浸花应注意开一朵浸一朵，隔 2～3 天浸一次。涂花应涂到花柄和雌蕊柱头上，注意要涂匀。二是使用防落素。当茄子开花时，对当天开的花及前后 1～2 天开的花一起喷洒，以喷湿为度。也可用单花浸蘸法处理。使用浓度为 30～50mg/kg，气温低时浓度高些，反之低些，隔 3～4 天喷一次。

（4）促进果实膨大　当茄子幼果长到蛋黄大小后，每隔 10 天，用 30mg/kg 的膨果剂（主要成分细胞分裂素、氨基酸及铜、锰、锌、硼等微量元素）蘸果或喷雾 1 次，共 2 次，能显著地促进果实膨大。

87. 茄子出现弱棵后如何调节

植株矮小，茎秆细弱，叶薄而小，且色淡，节间短，茎干生长缓慢。因其营养不足，有机营养积累少，导致出现一些畸形果，表现为难坐果，坐果质量差。

（1）发生原因　造成茄子弱棵的原因很多，也很复杂。以下3个方面都可能造成弱棵：一是土壤盐渍化。土壤盐渍使得茄子根际环境恶化，严重抑制了根系的生长，进而导致地上部生长受阻，植株长势弱。二是田间积水。田间积水使得根系窒息缺氧而早衰，影响了营养元素的供应和吸收。三是施肥过多。肥料使用过多、有机肥未充分腐熟，烧根造成弱棵。

（2）调节措施　茄子出现弱棵后应从以下4个方面加强调节。一是果实调节：适当摘除果实，避免生殖生长过盛。植株下部的果实要及时收获；植株中上部坐住的2~3个果实摘除掉1~2个，每条枝蔓保留果实1~2个，促进植株生长点营养的供应，防止生殖生长过盛而坠住棵子，促进营养生长的进行。二是肥水调节：及时浇水施肥，促进营养生长进行。针对不同的情况冲施不同种类的肥料。如土壤盐渍化过重，可结合浇水冲施生物菌冲施肥（如激抗菌968菌肥），以降解土壤溶液中的盐离子浓度，促进根系的生长。如有机肥未充分腐熟，可结合浇水冲用激抗菌968菌肥，以促进有机肥的腐熟。如氮肥缺乏，则应冲施高氮复合肥提头开叶，促进植株生长。三是温度调节：提高夜温，防止夜温过低营养生长缓慢。秋冬茬或冬春茬茄子，随着气温的逐渐降低，日光温室应做好保温和增温措施，尽可能提高棚室的温度，特别是夜间温度，促进呼吸作用进行，改变生殖生长过盛的局面。四是激素调节：喷施植物生长调节剂，提头开叶。植株长势弱，内源激素合成不足，可通过外源激素（植物生长调节剂）助其生长。可以叶面喷施芸薹素内酯混加尿素300倍液一起喷施，可起到提头开叶的作用，也可再混加细胞分裂素600倍液或0.05％核苷酸水剂500倍液，以加快植株生长速度，促进营养生长。

88.　如何做到巧整枝，茄子稳产不断层

在棚室一大茬茄子种植过程中，一条枝干在连续坐住3~4个

茄子后经常出现头变细、叶变黄的情况，使得茄子结果断层，降低了茄子的产量。对于这种情况，寿光市菜农有自己的独特解决办法：合理整枝，可促进植株的长势，提高植株的连续结果能力。一大茬茄子多为双主枝整枝，在主枝结果为主时，可以通过连续摘心换头的方法改善茄子断层的现象；在侧枝结果期，可以通过适当抹除花芽来避免大量结果后的断层。

主枝连续摘心换头：主枝摘心起到了矮化植株，延长了主枝的结果时间，增加了主枝的结果数量的作用，从而达到了提高产量的目的；同时，连续摘心避免了主枝坐住多个茄子后，生长点变弱的情形，使得植株长势平稳，营养生长与生殖生长平衡进行。

主枝结果时，主枝摘心第一次摘心可在植株长至 1m 高时进行，留取顶端茄子下面的侧枝作为新的结果主枝，该侧枝生长势弱，可避免植株长势减弱的现象发生；第二次摘心在植株高度达1.4m 左右时进行；第三次摘心时植株长至 1.8m 左右，即植株高度达到吊绳所用的钢丝处。摘心后留取摘心下部萌发的长势健壮的2～3 根侧枝，使其结果，结果后将其摘除。

主枝摘心时，对于主枝上萌发的侧枝要及时剪除。可待侧枝长至 8～10cm 时，保留侧枝 1～2cm 将其剪除。注意不能将侧枝从基部摘除，这样将会抑制侧芽的萌发。

3 侧枝留 2 果：侧枝结果时，由下到上依次按照 3 个侧枝留取2 个茄子的管理方法摘除一个侧枝上的花芽，避免一次性结果数量大而影响上部茄子的坐果。待留取的 2 个侧枝结果后，再让另一侧枝结果。如此整枝，可保证植株结果的连续性，从而不会出现断层现象。

通过上述方法整枝，可以实现茄子稳产不断层，茄子很少出现一次性摘果大起大落的情况，茄子也不会出现歇茬现象。

89. 如何缩剪茄枝才能结大果

茄子生长势强，具有持续生长结果的习性。但随着植株长大，分枝的增加，营养运输途径延长，分配渠道也增多，果实个头也随之变小，以至丧失经济价值。从通常说的"四母斗"、"八面风"、"满天星"的结果规律来看，"四母斗"之后，即"八面风"时期就有许多茄子个头明显变小，因此茄子整枝应从"八面风"时期就应该开始实施。

（1）轻回缩　对生长较正常，仅表现出轻度衰弱的植株，可先疏除植株上的小果，留下几个长势较好的果，然后在"四母斗"以下部位有明显健壮芽处进行回缩，并剪去空枝、纤弱枝，重点留3～4个健壮芽，培养成结果枝，集中营养重点供应果实。

（2）中度回缩　对中度衰弱果多而小，对茄部位以上无健壮腋芽，门茄部位上下有健壮芽的植株，可先把植株上的果实全部摘除，然后从门茄以上的部位进行回缩，留最下部1～2个健壮芽即可，使营养集中供应，使其早生长、早结果。

（3）极重回缩　重度衰弱出现明显脱水脱肥现象的植株，应采用极重回缩，应从两个主枝的分枝处回缩，对于衰弱特别严重的应齐根剪去，促发壮枝结果。

无论哪种情况，整枝后均应大水大肥促生长。茄子剪枝后，为防伤口受病菌侵染，要及时喷1遍百菌清等药剂保护。

90. 日光温室茄子为什么要适当提早采收

茄子一般应在食用成熟期前3～5天采收。早熟栽培因赶早上市还要提前。特别是门茄，适当早收可防止拽秧和避免"小老株"的出现，提高门茄以上果实的坐果率，增加前期产量，提高果实上市品质等许多优点。据试验，在食用成熟前5天左右采收，即紫黑色茄子萼片下淡绿色环带宽达3mm以上，果实还未完全长成时采收，从"门茄"至"四母斗"坐果率达98%，而在环带变成不到2mm，淡紫红色，果实已长成时采收，坐果率降至89.2%；到萼片下微红色环带基本消失，萼片粗糙，果实失去光亮，即食用成熟后5～6天采收，坐果率则降到78.1%。因此，日光温室茄子适当早采收可显著提高以后的果实坐果率。茄子采收掌握的标准为：果实充分生长，不再增大，色泽光亮、鲜明，萼片下的环带（根据茄色不同有白色、淡绿色、淡紫红色)由宽变窄或不明显。一般从开花到采收为 20～25 天。

91. 延长茄子采收期的措施有哪些

（1）合理留果 留果不宜太多，一般后期每株茄子上的挂果总量最好不要超过 3～5 个。如果一次留果过多，虽然能够取得阶段性高产，但是容易加速植株早衰。

（2）整枝摘叶 当茄子进入开花结果盛期后，要及时疏除不开花结果的无效分枝和生长过密的分枝，同时去除植株中下部病叶、老叶、黄叶，以增强透光，从而减少养分的消耗。但要注意下部的叶片不要全疏光，以求以叶养根防早衰。

（3）及时追肥 当茄子开花结果后，在四母斗茄待收时，根据植株长势，每隔 15～20 天追施一次氮磷钾复合肥或生物有机肥，以满足植株生长发育的需要，防止因养分供应不足而早衰。一般每次每亩施总含量 45％的氮磷钾复合肥 15～20kg 或总含量 20％的生物有机肥 30～40kg，方法是在植株中间打洞深施肥料或兑水淋施于植株根部。

（4）叶面施肥 在茄子进入开花结果盛期，如何保持功能叶片浓绿和较高的光合效能，是延长茄子采期必须具备的一项措施，因此在结合防治病虫的同时，经常进行根外喷施硫酸镁、硼肥等微量元素和磷酸二氢钾、云大 120（主要成分为芸薹素内酯）等植物营养液，以保持和提高植株的营养水平，才能保持功能叶片浓绿和光合能力，延缓植株衰退，促进茄子连续开花结果，延长采收期。

（5）培土护根 茄子虽属深根系作物，但在茄子生长期间，由于多次浇灌肥水及人为在采收过程中的行为，造成植株根部裸露和松动，影响植株正常吸收功能，应经常采用充分腐熟的农家肥、塘泥培土护根，同时浇施促根剂，促进新根不断发生和保持根系，增强植株的吸收功能，从而达到延长茄子的采收期。

（6）及时防治病虫害 茄子的病害主要有早疫病、灰霉病、绵疫病、褐纹病、细菌性褐斑病、黄萎病等；虫害主要由蚜虫、白粉虱、蓟马、红蜘蛛、茶黄螨和二十八星瓢虫等。如不及时防治会加快植株早衰。在茄子生产过程中应根据病虫发生情况，及时防治。

92. 如何根据茄子不同生长期合理摘叶

在茄子管理过程中，摘叶是非常重要的一个环节。茄子适度摘叶可以减少落花，减少果实腐烂，促进果实着色。可是，在实际操作中，很多菜农不看具体生产时期，都采用同样的摘叶方法。这样对茄子生长不利，不同时期的茄子摘叶，方法应该有区别。

首先，结果初期应少摘叶。摘叶要由下到上依次摘除。主枝坐果前一般情况下不要摘叶，因为下部叶片还担负着制造营养供应根系生长的作用。若下部叶片虫卵多或黄化重，则应及时摘除。

其次，侧枝摘叶要看植株情况而定。对于侧枝上的叶片，也应以不摘或少摘为宜，这些小叶对田间通风透光影响小，不会造成田间郁蔽，同时这些小叶还担负着制造营养供应根系生长的作用。若植株过旺、侧枝过长，超过10cm时，可留2～3片叶摘心。

再次，主枝结果期有选择性的摘叶。摘叶应本着摘除下部老叶、病叶和黄叶的原则进行，要保证主枝果实下面至少保留2片功能叶，随着果实采摘逐步将下部叶片摘去。

另外，随着天气的转暖，侧枝萌发速度加快，要早把杂杈摘除，侧枝要早摘心，防止侧枝过旺，影响茄子果实生长。

93. 茄子结果期为什么要求打老叶？怎样打老叶

茄子的生长势强，侧枝多，叶片长得快，尤其在气温适宜、肥料充足的情况下，植株更为繁茂。但植株长得过密，会引起落花、烂果，果实色泽也差，因此栽培茄子有摘叶的习惯。叶片是制造和积累养分的器官，一般情况下，叶片越多，制造和积累的养分也就越多，植株生长快，有利于果实的膨大，所以叶片对于结果有重要的作用。但叶片过多，会影响通风透光。且老叶和病叶不仅制造养分的能力弱，并能传染病害。

摘叶时应该分次除去弱枝和基部的侧枝，保持茎叶稀疏均匀，以利通风透光。整个生长期间摘叶 4～5 次，不要一次摘叶过多，只剩顶上几片小叶。此外，摘叶的多少还要根据品种、肥料、天气等情况而异，一般分枝能力弱的品种要少摘；生长前期要比生长后期少摘；肥料较少的要少摘；天气干旱时要少摘。

特别要提醒的是，摘叶千万不能过量，因果实产量与叶面积的多少有密切的关系。尤其不能把功能叶摘去，否则将会造成植株营养不良而早衰。

94. 如何调节茄子强枝与弱枝

茄子采取双干整枝时，同一植株上有时会出现一个枝长势强，另一个枝长势很弱甚至成为营养枝的现象。生产上应注意调节这两个枝的长势。①留取两个长势相近的枝作为结果枝，其他的枝全部疏除。不要使两个枝在生长前期就有强弱之分。②在产生强、弱枝初期，在吊蔓时将强枝尽量平放、下垂，而将弱枝吊起，尽量使高度高于强枝，抑制强枝的顶端优势，并使强枝制造的营养部分供应给弱枝，以促进弱枝的营养生长，使两者长势尽快达到平衡。待这两个枝长势相同后，再把它们调整到相同高度，使两者生长同步。③在强枝上多留果，抑制营养生长，使养分主要用于促进果实的膨大；对于弱枝则少留果、适当留果，促进营养生长，使其尽快复壮。

注意：冬季，茄子一般不宜采用摘除强枝生长点促发侧枝结果的方法来缓和长势。因为茄子的营养生长较弱，如果采用这种方法来消除其顶端优势，则需要较长时间使侧枝萌发、长成结果枝，大大延迟了茄子的上市时间。但如果顶端茎秆过细，坐果不多或即使坐住果也易焦化或形成僵茄，可摘除强枝生长点。

95. 日光温室茄子熊蜂授粉技术要点是什么

冬季保护地茄子栽培由于受低温、环境密闭、昆虫冬眠等因素的影响，茄子自然授粉率很低，主要采取 2,4-D 或防落素喷蘸处理的方法代替自然授粉来促进坐果，然而由此产生的激素残留是影响茄子品质及出口的主要限制因素之一。利用蜂类为温室果蔬授粉是一项高效益、无污染的现代化农业增产措施。熊蜂是最好的授粉昆虫之一，农业发达国家已把熊蜂授粉作为一项常规技术应用到农业生产当中（见书前彩图 4-5）。

（1）使用方法　茄子开花进入盛花期之前 4 天，将蜂箱拿入棚内，绑到日光温室中间位置的立柱上，蜂箱的进出口要朝南。靠近蜂箱放一盛满清水的容器，清水里放一些麦草，以便于蜜蜂采水，每隔 3～4 天换 1 次水。要于前立窗和天窗上安装 20～24 目防虫网，一定要把日光温室封严，防止熊蜂飞行的时候从一些缝中飞出去。每天早晨日光温室草苫拉起后把蜂箱的进出口打开即可。一箱熊蜂（100 余只）可供 2 亩茄子授粉。1 个日光温室一般不超过 1亩，一箱熊蜂足以达到授粉要求。

（2）注意事项　①杀虫剂对熊蜂的危害很大。喷药前一天下午等熊蜂全部飞回蜂箱后，将蜂箱的进出口关闭，然后将蜂箱拿到温暖的地方。第二天喷药，第三天通风，第四天上午再将蜂箱拿回原处绑好，下午打开巢门即可。杀菌剂对熊蜂的影响不大，喷药前一天晚上待熊蜂全部飞回蜂箱后将进出口关闭。第二天喷药，第三天上午通风，下午就可将进出口打开。②不要打开蜂箱或用力敲打蜂箱，以免激怒蜂群蜇人。③下午放草苫时，留下蜂箱顶上的一帘，待天黑蜂全部回巢后再放下。

96. 如何正确使用 2,4-D 和防落素

（1）2,4-D 的正确使用　2,4-D 是一种植物生长调节剂，能防止茄子因低温或高温引起的落花，而且 2,4-D 处理过的茄子果实膨大快，可以提早成熟，形成的果实大，种子少。

① 配制方法：2,4-D 是一种白色粉状结晶，通过配制才可以使用。配制时，先把 1g 的 2,4-D 粉末倒入 5ml 的无水酒精中，隔水加温，使其迅速溶解，成为橙黄色的透明溶液，然后倒入 995ml

的温开水中，配制成浓度为 1000mg/kg（即 1kg 溶液含 1000mg 的 2,4-D）的原液。也可用烧碱溶解，把水烧开，冷却至 50℃，再加入 2,4-D 粉末，搅拌，同时加入烧碱粉，边搅拌边倒入烧碱粉，直到 2,4-D 粉末溶解完为止。测定溶液的 pH 值，调整到 pH＝7 左右为宜，使用时可按所需浓度进行稀释。②使用浓度：根据外界气温不同，使用浓度略有变化。在早春气温偏低条件下，2,4-D 溶液以 10～20mg/kg 为宜，随着气温的逐渐升高，使用浓度可降到 10～15mg/kg。③处理方法：采用浸花和涂花两种方法。采用浸花处理的，先将配好适当浓度的 2,4-D 溶液放在小杯中，然后把刚开放的花放入溶液中浸入花柄立即取出，并将留在花上多余的溶液在杯边刮掉，防止花朵因 2,4-D 溶液过多而造成畸形果或裂果。涂花法是将配制好的 2,4-D 溶液放在小杯中，并将少量颜料加入溶液以做标记，用毛笔蘸取溶液涂到花柄即可，开一朵涂一朵。在茄子开花盛期，应每天处理，在开花的初期和末期，开放数量较少，可隔 2～3 天处理一次。处理应在早上露水干后为好，避开中午高温时间，阴雨天不要处理。④处理时期：2,4-D 溶液的处理时期以花朵刚开放或半开放时为好，每朵花只能处理一次，重复处理会产生裂果和畸形果。未张开的花不能处理，开足的花处理效果不大。

（2）防落素的正确使用　防落素学名对氯苯氧乙酸（PCPA），又称番茄灵。防落素也是一种有效的植物生长调节剂。由于防落素对茄子的生长点和嫩叶的药害比较轻，使用较低浓度的几乎没有副作用，因此比较安全。而且使用防落素可以采用喷花处理，这样省工，效率高，保花保果效果显著。近年来防落素使用越来越普遍。

① 配制方法：先配制 1000mg/kg 原液，然后稀释至所需浓度再使用。将 1g 防落素溶解于少量的 95％酒精中，加水到 1000ml 即成 1000mg/kg 原液。若取 1000mg/kg 原液 20ml 加水 980ml，便成为 20mg/kg 的溶液。②使用浓度：药液浓度一般掌握在 20～50mg/kg 之间，尤以每 30mg/kg 为宜，气温低时（15～20℃）浓度可高些，气温高时（20～25℃）浓度可低些。由于采用防落素处理的果实膨大速度在开始稍慢于 2,4-D 溶液处理的花朵，但半个月

之后就能逐渐赶上。所以，不能认为防落素的效果差而任意增加浓度，因为过高的浓度将带来药害，出现大脐等畸形现象。③处理方法：将配制好的药液注入小型喷雾器，右手拿着喷雾器，对准要处理的花朵进行喷雾，以喷湿为度，但尽量避免药液溅到嫩叶上，因此在处理时应用左手的食指和中指轻轻夹住要处理的花梗，并用手掌遮住不处理的部分。花序上的花朵比较多，常一起处理，不必分别处理。④处理时期：当花序上有一半的花朵盛开时进行处理。花朵宜开得稍大一些，不宜过小。每朵花处理一次即可，一般每隔 4～5 天处理一次。由于处理间隔时间比使用2,4-D 的间隔时间长，因此当下一次处理时，上一次处理的花朵的子房已发育膨大，肉眼可辨，故不必在药液中加颜料做标记。如气温较高，开花又集中，那么一个花序喷雾一次即可。当昼温达到 25～30℃、夜温为 15～20℃时，即可停止使用。

97. 2,4-D 和防落素有哪些不同

2,4-D 和防落素属于两种不同类型的植物激素，在使用方法、浓度以及对茄子坐果等方面的影响差异比较明显，具体表现在以下4 个方面。

（1）坐果能力有差异　也就是说同样的茄子植株选择不同的蘸花药其坐果率不同。同样的茄子花用 2,4-D 处理化防落素处理坐果率高。两者差异在低温环境下表现较为明显，这是在低温季节茄子主张用 2,4-D 保花的主要原因之一。

（2）对果实的商品性影响不同　2,4-D 处理的果实容易形成裂果、偏头等畸形果，而防落素处理则不容易形成畸形果。

（3）对花的副作用不同　2,4-D 的使用时期、使用浓度及使用量不当时，极容易造成花朵干枯或脱落，而防落素的不良影响程度相对较小。

（4）处理方法不同　2,4-D 对茄子的嫩芽及嫩叶能够造成伤害，只能用于浸花或涂花柄，较费工。而防落素在要求浓度下不会对嫩芽及嫩叶造成危害，可以喷花，较省工。

98. 目前茄子用激素点花存在哪些误区

（1）认识上的误区　有些人以为在低温条件下激素能防止落花落果，实现早熟高产。在茄子开花后，偏重于激素处理花朵，轻视和放松综合管理措施，结果是仍有落花，畸形果多而减产减收。事实说明，激素的作用只局限于防止落花落果这一点上。短柱花、授粉不良、僵果、畸形果和烂果的形成，也不全是激素的过错。没有良好的生长环境，充足的水肥供应，精细周到的管理措施，单靠激素处理花朵是不能实现早熟高产的。

①长期的弱光条件下，长柱花减少，短柱花增多。短柱花由于花柱短，不能露出花药筒，不能授粉授精。应设法增光补光，如增挂反光幕，早揭晚盖覆盖物，阴雨天短期揭苫等，有条件的也可用日光灯补光。②夜高温条件下最易形成短柱花，不能授粉授精。育苗期夜高温，花芽会提前分化，短花柱增多。昼夜温差对长柱花的形成至关重要，应把夜温降到 15～17℃。③比较弱的植株所开的花，花梗细，花瘦小，花柱短，不宜授粉授精，即使用激素处理，也会形成僵茄。应注意育壮苗，定植时淘汰弱小苗。④土壤干旱，空气干燥，土壤中肥料浓度过大，花的发育受阻，易形成短柱花。即使是长柱花，用激素处理，但由于叶片制造的养分少，也会形成僵茄。应防止干旱，每次施肥量不宜过大，做到"少吃多餐"。⑤在门茄"瞪眼"前没有及时进行适宜的蹲苗，生长过旺的植株（徒长株）所开的花易落花，既使用激素处理，也易形成僵果、多心皮果或雌蕊基部分开发育成的毛边果、扁平果等，这时叶片制造的养分被茎叶争夺，生长点营养过剩，影响了花芽分化和发育。应适时蹲苗，蹲苗期适当控水、控肥和中耕，使植株矮壮，根深叶茂，从而实现坐果节位低、节间短、花梗粗、花柱长、宜授粉。⑥植株长势不好，用激素处理促进坐果，结果多，而叶片制造供给的养分少，也易形成僵茄。应适时疏花疏果，可摘掉门前茄花，适当延长营养生长阶段，促根壮秧。⑦在高温条件下，用高浓度激素处理花朵，会形成凸凹状畸形果。应高温用低浓度激素处理花朵。

⑧空气相对湿度长时间在85％以上，易导致茄子绵疫病和灰霉病的发生和蔓延，使花朵授粉困难，既使用激素处理，也易落花落果或烂果。茄子喜水却怕湿，应注意做好排湿降湿工作，施药应避免用药液喷施而增加湿度，应采用粉尘法或烟雾剂施药，并在激素药液中加入1％的速克灵（腐霉利）或扑海因可防患于未然。

（2）点花时间上的误区　相当一部分菜农对于激素处理花朵在时间上毫无规律，甚至于几天才去检查点花1次，效果不好。试验证明，茄子开花前3天和后3天点花都有作用，但是，坐住果并不等于就能长成品质良好的商品茄，这就存在一个时间上的误区。怎样才能达到百分之百坐住果？试验证明，只有开花前1天和开花的当天用激素处理花朵，才能达到最佳效果。

（3）激素浓度大小的误区　一些刚开始栽培茄子的菜农，总是认为点花激素浓度越大越好，致使出现大量的畸形果。有些则按30mg/kg的浓度，不分温度高低，千篇一律的处理花朵，这些作法都不能达到最佳效果。日光温室内可根据温度的高低，配30～50mg/kg的浓度。2,4-D浓度过大，在不适宜的温度下会出现畸形果，在适宜的温度下会影响茄子正常膨大，可在激素溶液中加入和激素等量的赤霉素，既可克服存在的弊病，又可促进茄子膨大，效果很好。以上浓度溶液只能用于涂抹茄子花柄，既不能绕花柄抹一圈，也不能顺花柄拉长抹，只能用毛笔尖点一下，以点上药液为准。毛笔上的药液不可蘸得太饱，避免流淌而造成对主茎、花苞及叶片的药害。

99. 深冬茄子生产存在哪些偏差？如何纠正

偏差一：扣地膜过早，影响茄子根系正常发育。

深冬茄子嫁接栽培的一个主要配套措施是盖地膜。生产上的做法通常是栽前先盖或栽后随即盖，其目的是着眼于提高地温，促进早发根，快缓苗。但由于覆膜之后，土壤深层的水分会顺着毛细管上升到近地表层，在受到薄膜的阻隔后会在膜下形成一个湿润层，由于这个湿润层的存在，砧木根就放弃了深扎的努力，而停留在浅层发展，大量的根系分布在 $0\sim20cm$ 的土层里，而这恰恰是温室土壤变化最为剧烈的部分，根系极易受到伤害。

正确的做法是先施底肥深翻 $40cm$，活化土壤，创造一个利于根系深扎发展的土壤环境。再按定植行距开沟，在沟里浇大水，使土壤深层储有充足的水分，地皮发干可以操作时，在沟上扶起高垄，在垄上开沟或穴上进行栽苗。栽时浇定植水，缓苗后浇缓苗水，而后转入以锄划为主，努力创造一个上干下湿的土壤环境，利用在定植前所创造的充足的底墒来诱导根系向深层发展。一般定植后 $15\sim20$ 天再覆盖地膜。

偏差二：冬季控水、控肥过了头，影响深冬茄子增产潜力的发挥。

在深冬茄子生产中，控制浇水过多、量过大是对的。尤其是 12 月中旬至 1 月下旬，但不能控过了头，以致很多棚室不敢浇水，怕浇水后地温下降，影响茄苗正常生长；怕空气湿度大，茄苗得病；其实这是一种片面的做法。首先，棚室蔬菜一般需水较多，如不能保证水分正常供应，作物的正常生长就要受到严重影响。使抵抗病害的能力也要降低。本意是为防病，其实并不能达到目的。没有足够的水分供应，作物的生长受到影响，收获推迟，产量降低，即使不得病，栽培损失大，已失去控水控肥的意义。

正确的做法如下。①水温尽量高些，或与浇水时的地温差距小些。为了做到这一点，一般强调使用机井水，而且输送水渠道不要太长。如果使用地上水，须将水先引入温室，在水池中预热后再浇灌。②浇水要把握时间。首先，浇水前要注意天气预报，浇水要在晴天进行，浇水后至少要保证能有 $3\sim4$ 个以上的晴天。二是浇水强调在早晨揭苫后进行，以缩小地温和水温的差距，浇水后也有足够的时间来提高地温和排除水汽。③水量不宜大。一般浇水后会降低地温，而且水量越大地温受到的影响越大。因此深冬茄子在 12 月中旬至 1 月下旬浇水，应严格控制浇水量。④滴灌。特别是膜下的滴灌，既能满足水分供应，又不会急速降低地温，同时也不会使空气的湿度增加。

偏差三：激素使用不当，影响生长点生长。

深冬茄子定植 1 个月后，正值开花期，常因 2,4-D 使用不当，造成新叶畸形呈"鸡爪状"或扭曲变形。很多棚户因不知道产生畸形叶的原因，而束手无策。有些棚户误认为是病毒病或是茶黄螨为害，使用大量杀螨杀病毒药剂也难奏效，往往因诊断不清，而影响防治。

在生产中相当一部分棚室在 11 月上旬开始新叶变形，且病害严重而普遍，棚室内几乎所有的植株都有此种现象，通过对种植者询问，才知道是他们在使用 2,4-D 时有很多欠妥之处。采用 2,4-D 蘸花，最好在 8～9 时进行，即使最冷的 1 月份也应在 10 时前蘸花，要求最高气温不超过 30℃，最好在 25℃左右。如果温度适宜，2,4-D 浓度为 30mg/kg，如果气温偏高时用 20mg/kg。药液中最好同时加入少量的赤霉素，防落花和促进果实生长的效果会更好，同时可以减轻药液对新叶的危害。采用正确的涂抹方法。不能药量过大，更不能全蘸花或喷花。

100. 深冬棚室茄子栽培应掌握哪些技术

（1）提高设施性能　采用温光性能好的冬暖型日光温室，在最寒冷季节，棚内气温不低于 10℃，地温不低于 13℃，在寒流到来时短时间降温不能大于 8℃。

（2）培育大苗　深冬栽培生长期长，除采用早熟品种外，也可采用中晚熟品种，应选耐寒、抗病、高产、畅销的品种。于 8 月中下旬用营养钵育苗。因育苗时间较长，苗期发现营养不足，可用 2% 的磷酸二氢钾或 0.5% 的尿素水溶液喷洒。苗达到门茄花蕾下垂、含苞待放时定植。育苗时要注意保护根系，定植时不伤根，避免落花。

（3）适时定植　合理密植。9 月 25 日前后扣棚闷棚 5 昼夜，杀死棚内病菌和虫卵。10 月上旬定植。定植前先开沟施基肥，浇足定植水，合垄后再盖地膜。定植密度，行距 55cm，株距 30～40cm，每亩栽植 3300～4400 株。

（4）温度管理　缓苗期不通风，保持高温高湿环境，促进缓苗。缓苗后前期温度不宜过高，进入采收期后可适当提高。应掌握在前期上午 25～30℃，下午 20～28℃，上半夜 10～13℃；中后期上午 26～32℃，下午 24～30℃，上半夜 18～24℃，下半夜15～18℃。

（5）肥水管理　在温度稳定在 18℃以前尽量少浇水，在田间持水量达到 70%左右时开始浇水。果实开始膨大时追肥，结合灌水，土温在 20℃以下时追施硝酸铵，20℃以上时追施硫酸铵，每次每亩用量 20～25kg。

（6）防止落花　为了保证门茄坐果和不发生僵果，促果迅速膨大，在开花前 3 天至开花第二天，用 2,4-D 30～40mg/kg 溶液或防落素 50mg/kg 溶液处理花朵。2,4-D 可用毛笔涂抹花萼和花朵。防落素可喷花。

101. 茄子越冬茬田间管理应抓好哪些关键措施

（1）缓苗期管理　定植后第一、第二天晴天时应放"花帘"（即草苫隔一个放一个）（见书前彩图 4-6）遮阳防萎蔫，定植后第四至五天要选好天气在膜下灌一次缓苗水。缓苗期间，室内温度不超过 35℃时不必放风，超过 35℃时开始逐渐放风，当温度降到25℃时闭风。外界气温较低时，放风量要小，时间要短，随着外界气温渐渐升高，逐渐加大放风量，适当延长放风时间。阴天放风量要小些。放风时间缩短，晴天放风量要大些，时间延长。灌水后要闷棚 1h，在茄子适应温区内尽量提高室温，促进蒸发、蒸腾，然后再放风排湿，放风量要大，时间适当延长。缓苗期的温度管理，上午 25～30℃，当超过 30℃时适当放风，下午温度为 28～30℃，低于 25℃时应闭风口，保持 20℃以上，夜间 15℃左右。

（2）开花结果期管理　①生长素蘸花。低温季节为保证坐果，防止落花和不发生僵果，需进行生长素蘸花，一般定植后 15～30天门茄开花，在花开放一半时用 20～35mg/kg 的 2,4-D 药液蘸花，同时在 1kg 蘸花药液中加入 1g 速克灵或农利灵乙烯菌核利，一般用毛笔蘸 2,4-D 溶液涂抹花萼和花朵。也可用 30～35mg/kg 防落素药液喷花。春、秋蘸花浓度用下限，深冬季节用上限。②整枝打叶。茄子是双杈分枝作物。在冬季日光温室里栽培，密度大，光照弱，通风量又小，如果不进行整枝，中后期很容易"疯秧"，只长秧不结果。因此必须整枝。日光温室茄秧一般采用双干整枝；即对茄以上，留两个枝干，每枝留一个茄子，每层果留两个茄子，直到后期，外界气温升高，昼夜通风时，可以留三个枝。③追肥灌水。当门茄的长或粗达 3～4cm 时（瞪眼期）及时浇水追肥，一般每亩用尿素 10kg、硫酸钾 7.5kg、磷酸二铵 5kg 混合穴施。在门茄"瞪眼"前不宜浇水。第二次追肥在对茄开始膨大时，追施数量，种类及方法同第一次。此后，追肥水视植株的生长状况及生长期的长短而定。④温光管理。此期的温度管理，上午 25～30℃，下午28～30℃，上半夜 20～23℃，下半夜 10～13℃，土壤温度保持在 15～20℃，不能低于 13℃，深冬季节为了保证地温不低于 15℃，中午的气温可比常规管理提高 2～3℃。如植株旺长就适当降温，尤其要降低夜间气温，植株长势弱时适当提高温度如遇阴天，温室内温度低时应减少通风量。在阴雪寒冷天气必须坚持尽量揭苫见光和短时间少量通风，连阴乍晴后室温不可骤然升高，发现萎蔫须回草苫遮阳。浇水后密闭温室 1h 增加温度，并在中午加大放风排湿。每天清洁棚膜，有条件时在温室内张挂反光幕，在不影响室温情况下尽量早揭晚盖草苫。

⬤102. 早春栽培茄子定植后应抓好哪些关键措施

（1）温度管理　定植后密闭保温，促进缓苗。缓苗后白天超过30℃通风，降到 25℃以下缩小通风口，降到 20℃关闭通风口，最低温度保持 20℃以上，夜间最好能保持 15℃左右。阴天也要揭开草苫见散射光，只有灾害性天气，外温很低的情况下才不揭开草苫。

（2）肥水管理　定植水浇足后，一般在门茄坐果前不浇水，只有发现土壤水分不足时才可浇 1 次水。门茄开始膨大时追肥，每亩追三元复合肥 30kg，溶解后随水灌入暗沟中，灌完水把地膜盖严。

进入结果后期注意追施氮肥。对茄采收后，追硝酸铵或硫酸铵每亩30kg 左右，追肥灌水在明沟进行。过 2～3 天表土干湿适宜时浅松土后培垄。以后随着外温升高，根据植株长势、土壤墒情，灌水在明沟、暗沟之间交替进行。

（3）植株调整　为争取棚室茄子早熟，可采用单干整枝方法。每株茄子只留一个枝条作为主枝，在门茄以上结两个果实，长到采收标准一半大小时，把侧枝留 2～3 片叶摘心；以后每级发出侧枝都留两个果实，把一个侧枝留 2～3 片叶摘心。

103. 日光温室春茬茄子如何养好根

"根深才能叶茂"、"根系强大茄子才能获得优质高产"，这种养根促根的茄子管理理念在寿光市菜农心中已是根深蒂固。特别是在春茬茄子生产中，茄子定植期正处深冬低温季节，培育好健壮的根系是保证茄子正常生长的重要环节。

（1）定植时　穴施生物菌肥刺激根系生长，促进生根。生物菌肥如激抗菌 968 等是近年来生产中使用较多的肥料，使用后可起到以菌抑菌防止土传病害的作用，是预防茄子死棵发生的一种好方法，同时活菌在繁殖中产生具有刺激根系生长的物质，起到促进根系生长的作用。

（2）定植后　一是及时中耕划锄改善土壤的透气状况。一般情况下多数茄子根系在土壤氧气含量为 8%～10% 时，生长良好。土壤中由于透气性差，又有根系和微生物的活动，氧气含量要比大气低得多，特别是在土壤板结和积水时土壤中的含氧量可降至 3% 以下，造成根系无氧呼吸和土壤中的有毒物质增加，使根系中毒，不利于根系生长，从而致使茄子嫩叶变黄，植株生长瘦弱。及时中耕划锄，提高土壤透气性，是促进根系生长，培育健壮植株的保障。二是适时覆盖地膜，促进根系发育。覆盖地膜的目的主要是保温、保湿。适宜茄子根系生长的温度多在 22～28℃，若土壤温度低，则茄子根系生长慢。覆盖地膜可提高地温 2～5℃，创造利于根系生长的土壤温度条件。但地膜不宜过早覆盖。过早覆盖地膜，不利于根系深扎，容易造成地表层毛细根聚集而下部根系少情况，根浅不利于植株抗寒、抗逆。因此，要适时覆盖地膜。一般情况下，在茄子定植缓苗后，及时划锄 2～3 次引根下扎后覆盖地膜为宜，也就是茄子定植后 15 天左右覆盖地膜最为适宜。

（3）结果期　保证叶面积、控制肥水，促进根系发育。一是控制浇水、施肥量，防止根受伤。大家都知道，一次性浇水施肥量过大，是造成春茬茄子结果前期植株黄叶的主要原因。一方面，此时地温仍然偏低，一次性浇水量过大容易造成地温大幅度下降，因地温低则造成根系生长不利发生伤根；同时，土壤水分过多，会降低土壤氧气含量，不利于根系正常呼吸而发生伤根。一次性施肥量过大造成土壤溶液盐离子浓度过大，易造成烧根。另一方面，水分少，土粒对水分、养分吸附能力增加，这些都阻碍了根对养分和水分的吸收。因此，要合理控制浇水施肥。可根据天气状况、土壤干湿状况、茄子生长需求情况控制浇水施肥量，避免浇水施肥量过大造成伤根或烧根情况，从而保障根系的正常工作。二是根靠叶养，一定保证充足的叶面积。随着植株进入结果期，有些人为了集中养分供应果实而采取过分的摘叶管理，其实这样做是不科学的。因为根靠叶养，叶片少了，叶面积小，叶片制造的光合产物也就少了。一方面，根系得不到足够的养分而发育不良，因而其输送水分和养分的能力下降，不利于果实生长发育；另一方面，果实得不到足够的有机营养而表现为果实生长发育慢、果小等情况。

104. 茄子秋延后栽培定植后应抓好哪些关键措施

（1）缓苗期的管理　棚室秋延后栽培茄子，一般于 9 月下旬至 10 月初定植。此时由于外界气温较高，能够满足茄子正常生长的需要，一般不用盖膜。茄子定植后缓苗快，缓苗后生长发育旺盛。缓苗期间如果中午温度过高，土壤蒸发和叶面蒸腾量大，会出现秧苗中午前后萎蔫的现象。因此，要注意观察土壤墒情，适时浇水、中耕保墒。高温天气，中午要适当遮阳降温，防止秧苗萎蔫，以促进缓苗发根。当夜间气温连续几天低于 12℃ 时，就要盖棚室膜。山东地区，一般于秋分过后尽早扣膜。寒露至霜降期间，如果天气正常，白天气温较高时，要揭膜通风降温，此时棚室草苫也应尽量上好，以防夜晚出现霜冻。如果遇寒流天气，要及时封棚保温。寒流较强时，晚上还要放草苫保温。

（2）结果前期的管理　从定植到茄子开始采摘上市一般需30～40 天。此期间外界气温逐渐降低，管理上应加强温度调节，控制棚内白天温度在 22～28℃，夜晚 13～18℃，争取门茄早收，提高对茄的坐果率。门茄"瞪眼"以前，土壤不旱不浇水，尽量不施肥，以免引起植株徒长造成落花落果。注意及时中耕除草，进行植株调整，抹除门茄以下的侧枝老叶。若植株密度大，生长旺盛，可以进行单干整枝，以利通风透光。为了防止因夜温低、授粉受精不良而引起的落花落果，可用20～30mg/kg 的 2,4-D 溶液蘸花或涂抹花柄。门茄"瞪眼"后，应及时浇水、施肥，每亩施尿素 10～15kg。一般在上午 10 时左右浇水，浇水后封棚 1～2h，然后通风降湿。

（3）结果盛期的管理　门茄采收以后，当茄子进入结果盛期时，需肥、需水量也达到最大值。因此，此阶段的重点应放在肥水管理上。一般每隔 7 天左右浇 1 次水，每隔 2 次水追施 1 次肥。每亩每次可追施尿素 13kg 和硫酸钾（钾肥）7kg，或者腐熟人粪尿800～1000kg，应结合浇水进行追肥。此时的外界气温更低，浇水应选晴天上午进行。若盖了地膜，应在地膜下浇暗水，使用滴灌效果更好，可将肥料配制成营养液直接滴灌。为了避免晚上棚内地温低于 15℃，浇水后应闭棚，利用中午的阳光提高棚温，使白天棚温保持 25～30℃，以利于地温的提高。当棚内温度高于 32℃ 时，应及时通风降湿。夜间温度控制在 15～18℃。昼夜温差保持在10℃左右，有利于果实生长。生长后期可以结合病虫害防治进行叶面追肥。喷药时，可加入 0.2% 的尿素进行叶面追肥，作为根系吸收能力减弱的补充。

秋延后茄子一般采取双干整枝或单干整枝，当"四母斗"茄

"瞪眼"后,在茄子上面留 3 片叶摘心,同时将下部的侧枝及老叶、病叶打掉,并清理出棚外埋掉或挠掉,以改善棚内通风透光条件,减少养分消耗和病虫害的发生和传播。

105. 弱光条件下越冬茬茄子管理应注意哪些问题

弱光是限制日光温室越冬茬茄子生长的主要因子,在弱光条件管理上要注意以下几点。

①适当降低夜温,弱光常伴随着白天的偏低温度,在冬季阴天情况下,白天棚室温常在 18℃左右,在连续阴天情况下也常为 14℃左右,这样要考虑温差,可采取偏低夜温管理;最低夜温可降至 7℃。阴天加温,尤其是夜间加温偏高时,反而不利于茄子生长。②要控制浇水,采取偏干燥管理措施。如果不特别干旱,一般不灌水,如灌水,一定要在晴天上午进行。若湿度大造成根系损伤,常导致栽培失败。③采用二氧化碳施肥。在高浓度二氧化碳条件下提高弱光下光合效率。通常用酸和碳发生化学反应产生二氧化碳。每亩标准大棚(容积约 1300m³)使用 2.5kg 碳酸氢铵可使二氧化碳浓度达至 900ml/m³ 左右。④适当稀植,并及时摘除下部老叶、病叶,减少郁蔽和呼吸消耗。⑤减少氮素化肥用量,特别要控制铵态氮肥用量,适当增加硝态氮肥的用量,氮肥要深施。⑥配合叶面追肥。可混加一定量的蔗糖。

106. 日光温室茄子一大茬栽培有哪些关键技术

(1)选择适宜品种 ①根系发达,吸收能力强。②中晚熟,植株生长势强,不宜早衰。③结果力强,坐果率高,特别是不良栽培条件下的坐果能力要强。④枝干的再生能力强,易发侧枝。⑤抗逆性强,对不良环境的适应能力强。要求耐热、耐寒、耐湿等能力强。⑥抗病能力强。要求高抗黄萎病、青枯病、绵疫病、病毒病等较难防治的病害。

(2)育苗 ①嫁接育苗。温室茄子年年栽培成功的关键是根系不染病、不早衰，因此必须进行嫁接栽培，利用嫁接株根系抗病以及根系发达，分布范围广等优点，延长栽培期。②护根育苗。保持根系完整。采用穴盘、营养钵或营养块育苗。③育苗土育苗。育苗土内的营养成分齐全，并且通气性好，有利于茄子苗根系的生长，根系不易老化。④苗龄不宜过长。苗龄过长的苗，根系往往会发生不同程度的老化，不利于定植后基础根的迅速形成与扩展，植株长势弱，栽培期也短。

（3）施肥　①要多施有机肥。有机肥的肥效长，后劲足，不容易发生脱肥，同时有机肥施肥较深，也不易发生肥害。有机肥要选用肥效较高的鸡粪、猪粪等，每亩温室的纯鸡粪用量应不少于6000kg，或猪粪不少于8000kg。②要求减少速效氮肥的用量，避免结果前发生徒长。茄子中晚熟品种的生长势比较强，长势旺，土壤中速效氮的用量比较多时，极容易发生旺长，要减少速效氮肥的用量，生产上应多用磷酸二铵代替速效氮肥。③要实施配方施肥。一般除施足有机肥外，每亩还要增施磷酸二铵100kg、钙镁磷肥100kg、钾肥25kg、硼肥1kg。④要深施肥。施肥深度应不浅于30cm。

（4）冬季管理　①温度管理。重点是防寒保温。②光照管理。重点是保持温室内良好的透光性，保持温室内良好的光照。③通风管理。重点是排除温室内潮湿的空气，防止温室空气湿度过高，引发茄子病害。④肥水管理。温室全年一大茬在选用生长势较强的中晚熟品种，植株长势强，容易发生旺长。为防止植株徒长，在门茄坐果前，一般不追肥浇水，坐果后开始浇水，并结合浇水随水冲施一次肥。此次肥用量要适当大一些，每亩用复合肥20kg或尿素15kg、磷酸二氢钾10kg。以后每15天左右浇一水，并适量追肥。

（5）春季管理　①温度管理。春季温室内的温度上升较快，晴天中午前后温室内的最高温度一般可达40℃以上，故在温度管理上，要以防高温为重点。此期的适宜温度是16～30℃，白天的最高温度不超过35℃，夜间温度不低于15℃。在具体管理上，要加强通风，一般晴天上午温室内的温度上升到25℃以上后开始通风，并随着温度的上升，不断加大放风量，当外界最低温度升到20℃以上后，可将温室的前脸通风口也打开，一起进行通风。②肥水管理。春季茄子生长快，结果多，是产量形成的关键时期，也是温室茄子的肥水管理的关键时期，此期肥水管理得当，植株生长健壮，不易发生早衰；肥水管理不当时，植株容易发生早衰。在具体管理上，要以防止植株脱肥脱水为重点，一般每5～7天浇水一次，每10天左右追一次肥，同时还要进行叶面追肥，补充土壤营养的不足。③植株调整。植株长高后，相互遮光较严重，尤其是温室南部的植株往往较早的就顶到薄膜上，影响透光，也容易引起心叶发病，故此期除了正常的抹杈外，还要及时对过长的枝干进行摘心，降低植株的高度。

（6）夏季管理　①遮阳降温。上午9时至下午3时覆盖遮阳网。②控制坐果，积蓄养分。茄子全年一大茬栽培经过一冬春的开花结果，植株消耗已经很大，特别是根系的发育受影响比较大，植株的生长势比较弱，需要进行恢复。因此，入夏后，植株应减少坐果，集中营养供应茎叶，恢复生长势，提高下部侧芽质量，以及恢复根系的生长势，为入秋后进行再生栽培奠定基础。③及时防虫。温室前脸和顶部天窗通风口覆盖20～40目防虫网，防治蚜虫、温室白粉虱等害虫潜入温室。发现害虫后及时喷洒农药防治。防止害虫的主要目的是控制茄子病毒病的发生。

（7）秋季管理　温室茄子秋季管理要点如下：①温度管理。9月下旬后，当夜间的温度低于16℃时，要及时放下温室前脸裙膜保温。②光照管理。进入9月份后，随着温室外的光照逐渐变弱，要及时撤掉遮阳网，保持温室内充足的光照。③肥水管理。大追肥后，要及时覆盖地膜，以免覆盖地膜过晚，覆膜时伤叶严重。再生茄子不易发生徒长，并且结果比较早，应及时追肥浇水。一般进入结果期后，开始正常的追肥浇水。④植株调整。再生植株的枝干生长不规律，应及早吊架规定。⑤其他措施。除上述管理外，还应及时清除田间的杂草，并及时喷洒农药，防止茄子病虫危害。

107. 茄子一大茬栽培为什么要实行再生栽培措施

茄子再生栽培技术是头茬茄子生产结束前或结束后，利用主干中、下部新生的侧枝再次发棵并开花结果的技术。这项技术在寿光已成功实施多年。

（1）适宜于再生栽培的品种　茄子再生栽培，应选用生长势旺盛，分枝性强，耐寒、抗病和商品性好的中晚熟品种。如紫阳长茄、济农长茄 1 号等。

（2）茄子再生栽培的形式　茄子再生栽培按再生枝在植株上的高低位置不同，分为中部再生和下部再生两种形式。①中部再生。在植株的中部选留再生枝，再生枝的位置比较靠上，生长势较强，发棵早，生长快，同时，再生枝上的花蕾质量比较好，结果早，坐果率较高。另外，植株上部的光照条件比较好，有利于果实生长，果实品质比较优良。如果是进行短时间的再生栽培，应选择该种再生形式。②下部再生。在植株的下部选留再生枝，一般是从门茄下的主茎上留再生枝。下部再生枝栽培空间比较大，栽培时间较长，易于获得高产。如果是通过再生技术进行加茬栽培，则应选择下部再生形式。

（3）茄子再生栽培的技术要点　再生栽培技术管理的核心是通过剪枝和剪枝后加强肥水供应等措施，促使已趋于衰弱的植株发生新壮芽，生成新侧枝，重新形成旺盛的植株，并再次出现结果盛期。①修剪时间。温室茄子全年一大茬高产栽培的适宜再生时间为 8 月下旬至 9 月中旬，每年剪枝 1 次。一般春季生产结束后，不再留果，也不再整枝，对植株进行修养，复壮。②剪枝方法。剪枝时，从主干距离地面 15～20cm 位置处，将上部枝条剪掉。将剪下的枝条连同杂草等清理出温室后追肥、浇水，促发新枝、但必须注意剪口下留足 2～3 个已萌发的嫩芽。如果下部暂时无萌发的嫩芽，应分两次剪枝，先从对茄处以上 10cm 剪枝，待下部发出芽后，再进行第二次剪枝，否则，部分植株会因无法吸收和输送养分而干死。③中耕松土，培土施肥。植株修剪后，为促其加快发生新芽，生长新侧枝，要及时进行中耕松土，培土施肥。先撤去上年的旧地摸，用锄头将栽培垄两侧和中间充分翻松 1 次，然后，每亩在垄中间暗沟内埋施优质农家肥 3m³、尿素 20～30kg、硫酸钾 10～15kg，然后培土，培 20cm 高的栽培垄，并浇 1 次大水。④整枝吊秧。在以上管理条件下，剪枝后 8～10 天腋芽可形成侧枝，此时，及时在垄上覆盖 1 层新地膜，并选留 1 条或 2～3 条粗壮侧枝进行开花结果。留 1 条侧枝时，将来分枝后仍按双干或三干整枝方式进行整枝。留 2～3 条侧枝的植株每条侧枝即是 1 根结果枝干，多余的侧枝全部抹掉。再生枝一般斜向上生长，应及早吊秧固定。另外，由于不同植株再生枝发生的时间早晚不同，植株的高度也不相同，应根据植株的生长情况及时调节植株的生长势，防止植株间高度差异过大，保持田间生长整齐。⑤施肥灌水。植株修剪后 1 月左右，茄子就可开花结果。当有 50％植株见果后，肥水齐攻。掌握 10～15 天浇 1 次水，隔一水追 1 次肥，每次每亩冲施尿素 20～25kg、磷酸二氢钾 5kg，后期注意追施硫酸钾肥，还可叶面喷施磷酸二氢钾及糖醋液，防止植株早衰，其他管理同常规栽培管理措施。

在生产过程中，一般再生茄子连茬前两年效益较好，但根结线虫病、黄萎病和青枯病发生严重的地块，一般不主张使用该项技术，但进行嫁接后可以考虑使用该技术。

108. 茄子一大茬栽培怎样进行根系再生

根系再生是指通过在主根附近开沟，切断外围根系，促使主根附近重新发生新根。

温室茄子全年一大茬栽培植株，其根系已伴随着枝干生长也不断向外扩张，以致进行再生时，整个支柱的大部分吸收根系远离主根，分布到跟群的外围。外围根系远离主根，一方面吸收的肥水运送到植株茎秆所需要的时间延长，运输途中的自身消耗增多，不利于茎秆的生长；另一方面叶片制造的有机营养也不能够快速运送到根系的外围，同时由于运输线加长，途中的消耗也增多，使最终达到吸收根的有效营养数量减少，也不利于根系的生长发育。上述问题随着栽培时间的延长，表现得越明显，越不利于植株的生长发育，这也是再生茄子随着再生次数的增多，生长势越来越弱的主要原因。因此，茄子再生栽培要保持持久的旺盛生长势和结果能力，必须通过根群再生技术，促使主根附近大量再生吸收根，将主要吸收根群的位置回缩，缩短与主根的距离。

根系再生的具体做法：植株剪短后，利用田间空闲有利于施肥操作的时机，及时大追肥一次。在植株的行两侧，距根茎 10cm 以外处，破垄开沟施肥，每亩温室施优质的腐熟鸡粪 2000～3000kg、优质复合肥 40～60kg、钙镁磷肥 50kg，施肥后将肥与土混均匀。施肥后适当深翻地，将肥混翻入深土层中，有利于根系吸收，也有利于防止施肥过于集中，发生烧根。施肥重新扶好垄畦，并大灌一水，之后控水。

109. 为什么说一大茬茄子只有做好养叶和壮根才能高产

大家都知道，茄子要想产量高，就必须使茄子的每个生长时期都保持旺盛的"战斗"能力，也就是说，只有使植株生长健壮、不歇茬、不早衰、连续坐果能力强，茄子才能高产。然而一大茬茄子生长期长，从 9 月份定植到来年 7 月份拔园，整个生长期是 10 个月。这么长的生长期，要想让植株每个生长阶段都连续坐果不断茬，确非易事。寿光市菜农不断攻克技术难关，总结出了两项措施——四个字"根深叶茂"。植株只有"根深叶茂"，才能结果大、连续坐果不断茬，从而达到优质高产的目的。两项措施真谛就是：促果不如养叶，提苗须先壮根。

（1）养叶 为使茄子多出产量，不少菜农采用加大追肥量和激素用量来促进果实膨大，以求高产。如此做不如把精力都用在叶片的养护上，养好了叶片，果就不会少结。叶片一是要养好，如平时要喷洒叶面肥等。二是要防病。茄子嫁接基本上防住了"死棵"等土传病害，从近几年茄子种植的情况来看，果实上的病害也很少发生。因此，茄子的病害防治主要以防叶部病害为主，只有叶子保住了，茄子才可能获得高产量。在这里需要强调的是，要想保住叶、少患病，并不是一味地进行药剂防治，主要还是要做到以防为主，尤其是要加强通风，做好棚室环境的调控，平时还应及时整枝打杈，并合理疏除植株下部的黄叶、老叶、病叶，创造一个茄子生长适宜的环境，是茄子高产的基础。而平常有很多菜农认为叶子上有个小斑小点的并无大碍，只要别造成太大的危害就行，这无疑为叶部病害的蔓延创造了机会。因此，叶部病害应早防早治，注意喷药防病时要以杀菌剂百菌清为主，在茄子叶部 13 种病害中，用百菌清能防治 9 种，所以应把百菌清作常用药使用。另外，还要做好棚内白粉虱的防治工作，这也是防治叶部病害的措施之一，一定要引起重视，不可大意，可喷啶虫脒混合扑虱灵防治。

（2）壮根　要想使茄棵长得健壮，须先培养出强壮的根系。在养根方法上，要做到以下两点。一是注意避免伤根。一次伤根，植株在短时间内很难恢复，严重影响结果量。应注意：肥料一次用量不要太大（每亩每次以复合肥 20kg 为宜），以免烧根；浇水要注意浇小水，尤其是深冬期，一定要严格控制浇水量，以免低温下水大沤根。二是做好养根措施。如勤划锄、晚覆膜、增施生物菌肥等，都是养根、护根的好措施，生产中应注意应用。

110. 茄子槽式有机生态型无土栽培技术包括哪些关键环节

　　见书前彩图 4-7。

　　（1）栽培设施　①栽培槽。框架选用 24cm×24cm×5cm 的标准红砖，槽内径为 48cm，槽深 20cm（地面上垒 4 层砖），槽长 6.5m，槽间距（内径）60cm，南北方向延长，北高南低，底部倾斜度 2°～5°，槽底中间开一条宽 20cm、深 10cm 的 "U" 形槽，在槽间南端每两槽间挖一深 30cm，方圆直径为 30cm 的小坑，以利排除过多积水，槽底及四壁铺 0.1mm 厚的双层薄膜与土壤隔离，每槽用砖 170 块，槽间走道铺薄膜与土壤隔离，也可在槽间走道铺砖，槽建好后，要求槽面保持平展。②栽培基质。基质比例为菇渣：玉米秆：炉渣＝1：2：2。高温发料：有机基质在栽培前2个月准备，温度低时在温室内发料，温度高时在开阔的场地发料。先将废弃菇渣破碎，每立方米加入过磷酸钙3kg，将菇渣充分浸湿，底层铺塑料与土壤隔离，将料堆成1m高的垛，上盖棚膜，进行发酵，每5～7天翻料1次，并根据干湿程度补充水分，当料充分变细，无异味时，表示料已发好。玉米秆用粉碎机粉碎或铡成2cm长短截，混匀浇透水，堆成垛，采用和菇渣同样的方法进行发料，当秸秆有诱人的清香味时，表示料已发好。装料：先在所设的"U"形槽内，铺直径1～2cm的粗煤渣3～5cm，再在其上铺双层编织袋，用于保水，然后将发好的料装满栽培槽，并用水浇透，趁势压实、压平。③供水系统。具备自来水设施或建水位差1.5m高的蓄水池，采用北京绿源公司生产的滴灌管，槽内铺2根滴灌管，软管距两边砖各10cm。④养分。采用中国农科院蔬菜花卉所研制的有机生态无土栽培专用肥。

（2）穴盘无土育苗　①浸种催芽。将种子在阳光下暴晒2天后，把相当于种子体积5倍的55℃温水倒入盛种子的容器内，边倒边搅拌，待水温降至30℃停止搅拌。用清水换洗后，置于25～30℃水中浸泡12h，然后淘洗干净，沥去水，用纱布包好，盛于塑容器内，上盖一层湿毛巾，置于28～30℃环境中催芽。每天早晚淘洗1次种子，5～7天后种子发芽。②装盘。选用72孔苗盘，把育苗基质装入苗盘中，浇水湿润，用另一穴盘底部压播种穴，可保证可种子播种深度一致。③播种。将种子点播在穴盘中，上盖一层基质或干净面沙，浇透水后，在穴盘上盖一层报纸，穴盘下铺一层旧地膜或编织袋与土壤隔开，外围搭建小拱棚，夏季育苗时覆盖遮阳网。④育苗管理。播种后保持基质28～30℃温度，当60％种子出苗后，撤去报纸，保持白天温度25～28℃，夜间15～18℃，天气炎热时，每天早晨10时浇1次透水，当茄子具4片真叶时可移栽定植。

（3）栽培管理　①定植前的准备。提前半个月准备好栽培系统，定植前一周用自来水浇透基质；用1％的高锰酸钾和敌百虫（美曲膦酯）0.5kg喷施架材、墙壁和栽培料。风口可设置40目防虫网，然后密闭温室进行高温闷棚 3～5 天，经消毒处理后，温室内无有害虫及绿色植物，温室保持干净整洁。②定植。选择生长旺盛，整齐一致的苗，采用双行错位定植法定植，同行株距 45cm，保持植株基部距同部位栽培槽内径 10cm，定植深浅程度与原栽培面持平边定植，边浇定植水，定植后 2 天铺 70cm 宽超薄膜。③定植后管理。一是温度、光照管理。茄子属典型的喜温作物，种子发芽温度，为 20～30℃，生育适温为 17～25℃，开花结果期的最适温度为白天 25～30℃，夜间 15～20℃，15℃以下生长缓慢，最低发育温度为 13℃，10℃下停止生长。因此，在冬季夜晚，必须注意增加温室设施保温性能，最低温度不低于 13℃，10℃下停止生长。因此，在冬季夜晚，必须注意增加温室设施保湿性能：最低温度不低于 13℃，要勤擦洗棚膜，并在后墙张挂反光幕来增强光照。二是水分管理。定植后晴天隔 1 天浇 1 次水，每天早晨 1 次约 15min，阴天不浇水。深冬季节每 3 天浇 1 次水，2 月气温回升后，每天浇 1 次水。三是施肥。定植后 20 天开始追肥，以后每隔 15 天追肥 1 次，结果前，每株用专用肥 13g，结果前期每株用 17g，结果盛期每株用 20g，将肥料追施在距植株根部 5cm 以外的范围。四是植株调整。采用双干整枝，每株只留 2 个干，门茄坐果后，适当摘除基部 1～2 片老叶、黄叶，门茄膨大时，将门茄下叶片全部打掉，后期在每个茄子果实下只留 2 片叶，其余老叶和多余的侧枝全部打去。五是保花保果。为了提高结果率和产量，防止低温或高温引起的落花和产生畸形果。在开花前后 2 天内，用毛笔将 30mg/kg 的 2,4-D 溶液涂在花柄上，并加红水做标记。

111. 什么是茄子袋式有机生态型无土栽培技术

茄子袋式有机生态无土栽培技术是一种用一定规格的专用袋，内盛基质，茄子栽种在基质袋上，采用滴灌系统供液的栽培技术（见书前彩图 4-8）。

栽培袋一般选用厚 0.1～0.2mm 的黑色、乳白色或黑白双色不透明塑料膜加工制成，形状一般为长形，袋内盛有基质后呈枕头状。栽培时在袋上切出两个 10cm 直径的孔，在孔内定植茄子，并由定植孔将营养液或清水滴入袋内。在底部斜向排水沟一侧切开几道 1cm 左右的小缝，作为排水孔。茄子栽培用袋的适宜规格为：袋长 90～100cm，折径 35～40cm，装填基质后厚度 10cm 以上。每袋栽种 2 株茄子。栽培基质详见"110. 茄子槽式有机生态型无土栽培技术包括哪些关键措施？"一问。

112. 日光温室亩产 20000kg 茄子有哪些栽培经验

（1）合理施用基肥　茄子需肥量大，基肥要施用充分发酵腐熟的畜禽粪等有机肥，一般每亩用 15m³ 左右，生物肥 300kg，同时结合测土配方施肥，施入适量化肥和微量元素肥料。施肥后要用旋耕机耕翻与人工深翻相结合，耕翻 2～3 遍，使土壤耕作层深度达到 30cm 以上，以使肥料与土壤充分混匀。

（2）合理施用肥水　茄子定植后第一次浇水要浇足浇透。在植株生长过程中，为防止徒长，浇水时要小水勤浇，切忌大水漫灌；但也不能控水过度，否则会导致茄子出现短花柱花，坐果差，生畸形果。此期应适当喷用膨大素等生长调节剂，调节生殖生长与营养生长之间的平衡。冬季温度低，为促使根系旺长，扩大伸展范围，要多冲施含有益菌的生物肥，如龙珠生物肥，此肥含有毛壳菌、甲壳素，有利于土壤中的放线菌繁殖与生长。通过以菌治菌，有效的预防病害发生。施用冲施肥时，最好在晴天上午进行，要本着少施勤施的原则，根据茄子生长期需肥规律的不同而灵活掌握。

（3）掌握好棚室温度　茄子喜强光，喜温暖，一般要求白天温度控制在 28～30℃，下半夜控制在 13～18℃，尽量使昼夜温差保持在 10℃ 以上。根据天气情况及风向变化，及时调节放风口大小或拉放草苫。

（4）合理整枝　采用阶梯形整枝方式进行茄子植株调整，充分利用回头茄。参阅"77. 茄子的'阶梯'形整枝方式有哪些主要技术要点"一问。

（5）灵活掌握点花药浓度　一般常用 1 支（2ml）2％的 2,4-D

兑水 1.1kg，同时混加 5g 速克灵（腐霉利）、4ml 云大 120（芸薹素内酯）、6ml 赤霉素，以提高坐果率和坐果质量。冬季低温要适当提高浓度。点花以每天上午最适宜，点药液不可过多，如过多，结出的茄子容易弯曲，出现畸形果，一般以点 1cm 为宜。

（6）及时防治病虫害详见"五、病虫害防治"。

113. 茄子结果前对土壤水分有哪些要求？怎样进行浇水

茄子缓苗后结果前为根系和茎叶的旺盛生长期，从有利于生产方面来讲，此期要求根系扎得深，扩展得广；要求茎叶壮，但不要过旺，发生徒长。所以，此阶段要求土壤适度干燥，以刺激根系扩展，并防止茎叶生长过旺而根不旺，适宜的含水量为土壤表面呈半干半湿状。

一般情况下，茄子浇足定植水，缓苗后又浇足缓苗水情况下，结果前土壤不发生明显干旱时，不再浇水，必须浇水时，也要在植株开花前浇水，不得在开花期浇水，特别是不要在坐果期浇水。

114. 为什么说坐果期是茄子肥水管理的分界线？怎样判别茄子是否坐住果

茄子坐果前是以营养生长为中心，茎叶生长比较旺，对肥水反应比较敏感，在肥水供应充足时，容易发生徒长，所以在肥水管理上，要求适当控制肥水用量，以"控"为主。植株坐果以后，果实成了生长的中心，大量营养流入果实内，植株不再会发生徒长，相反如果肥水供应不足，茎叶生长会很快衰退，出现早衰，因此在肥水管理上，坐果后要求勤施肥水，以"促"为主。所以说，坐果是茄子肥水管理的分界线。

判别茄子是否坐住果，应看田间大部分植株的门茄生长情况。一般将田间大部分植株的门茄进入"瞪眼"（也就是嫩果突出花萼）期后，作为整个地块茄子完成坐果的标志。

115. 日光温室茄子浇水应坚持什么原则

（1）把握灌水时间　日光温室浇水一般要选晴天，不宜在阴雪天；一天之中应选择在上午，一般不宜在傍晚。否则易造成棚内湿度过大，引发病害。浇水也不宜选择在中午，以免高温浇水影响根系的生理机能。

（2）把握灌水水温　日光温室灌水宜用地下井水直接灌溉，灌溉的水温最好不低于 2～3℃，切忌直接使用河水、水库水和池塘水中的冰冷水灌溉。冬季茄子定植宜用 15～20℃ 的温水。如果水温过低，必须想办法获取温水。具体参阅"116. 冬春茬茄子冬季为什么主张浇温水？怎样获取温水"一问。

（3）把握灌水水量　日光温室茄子水分严重不足时会导致植株萎蔫和叶片焦枯，水分过多时因土壤缺氧易引起根系窒息腐烂，地上部分茎叶发黄甚至死亡。冬季日光温室灌水温度低，放风量小，水分消耗少，需小水勤灌。浇水量必须要与作物耗水和土壤蒸发量以及作物根系能忍耐的程度相一致，既不能灌水过量也不能缺水。

需要特别注意的是，灌水当天，为尽快使地温恢复，一般要封闭日光温室以迅速提高室内温度。待地温提升后，及时放风排湿，使湿度降低到适宜的范围。

116. 冬春茬茄子冬季为什么主张浇温水？怎样获取温水

茄子性较喜温，适宜的土壤温度为 26℃ 左右，耕层温度低于12℃ 时，根毛停止生长。地温长时间低于 10℃ 时，容易发生寒根，如果同时土壤湿度也比较大，还容易引发根系腐烂。因此冬季浇水应慎重，不得大量浇冷凉水，最好浇温水，浇温水后不降低地温，相反却能适度地提高地温。

获取温水的方法：①利用深层地下水。深层地下水的温度较地面水的温度高，适合冬季温室内浇水，可利用水泵提取深层地下水进行浇水。②在温室内预热水。在温室内建一储水池，上用透光性能好的塑料薄膜覆盖，利用温室内的光照以及温室内多余的热量给水加温，使水升温。待池水温度升高好浇水。③太阳能预热水。在温室顶部安装1～3部太阳能热水器，将加热后温度适应的水储存于温室内的水池内，浇水时从池内提水即可。

117. 冬季日光温室内为什么不宜大水漫灌？怎样浇水好

主要原因：一是明显降低地温，妨碍根系对养分的吸收，影响其正常生长；二是容易增加日光温室内的空气湿度，引发病害。

适宜的做法是：小水勤浇，浇暗水，选择晴天上午浇水。

（1）**小水勤浇** 也就是每次浇水量要小，通过增加浇水次数来满足茄子正常的需水要求。小水勤浇的主要目的，一是保持温室较高的地温，二是保持茄子的正常生长需水。

（2）**浇暗水** 要坚持做到膜下暗灌（图4-2），有条件的可实行膜下滴灌（图4-3）。这样可以有效地阻止地面水分蒸发，降低温室内的空气湿度，防止病害发生。

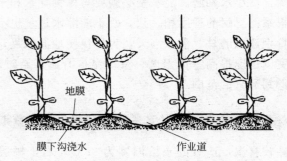

图 4-2　茄子膜下沟暗灌浇水示意

（3）**浇水时间** 最好选在晴天的上午进行，此时水温与地温比较接近，浇水后根系受刺激小、易适应，同时地温恢复快，可有足够的时间排除温室内湿气。午后浇水，会使地温骤变，影响根系的生理机能。下午、傍晚或是雨雪天都不宜浇水。

（4）**升温排湿** 在浇水的当天，为尽快恢复地温要封闭温室，提高室内温度，以气温促进地温。待地温上升后，及时通风排湿，使室内的空气温度降到适宜的范围内，以利于植株的健壮生长。

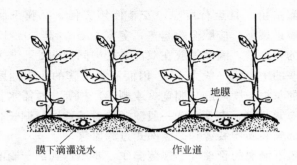

图 4-3 茄子膜下滴灌浇水技术示意

（5）提倡隔行浇水 即第一天浇 2、4、6……行，第二天浇 1、3、5……行。这样做不致使温室内地温一次性降低过大而影响生长。

118. 如何进行膜下滴灌浇水

（1）膜下滴灌的供水 ①地下储水池加微型水泵供水。对于每座日光温室，在日光温室外附近建 5～7m³ 地埋式蓄水池，用机井集中向池中供水，滴灌时每座温室装微型水泵加压，并在滴灌首部装过滤器等。就整体计算，投资较大，但就每座日光温室来说易建易管。②地上储水池重力供水。储水池底部离地 0.5m 以上，不需用水泵即可进行滴灌，并且能提高池内水温。储水池与地面之间的压力差，即池内水自身的重力，通过滴灌管直接供水。在滴灌首部装化肥罐和过滤器等。在温室内建一个蓄水池，不仅占用温室空间，而且投资大，操作又非常麻烦。③高塔集中供水。对于面积适中、温室集中、水源单一的地块，可选择用水塔作为供水的加压和调蓄设施，温室内不再另设加压设备。在水泵与水塔的输水管道上装过滤器等。建设水塔一次性投资较大，但运行费用低，还可起到一定调节蓄水量的作用。

（2）膜下滴灌的应用 ①滴灌毛管的选用。日光温室密植茄子，根系发育范围小，对水分和养分的供应十分敏感，要求滴头布置密度大，毛管用量多，因而毛管选用价格较低的滴灌带，可有效地降低滴灌造价，且运行可靠，安装使用方便。②膜下滴灌的布置。在滴灌进棚前，应顺棚跨起垄，垄宽40cm，高10～15cm，做成中间低的双高垄，滴灌带放在双高垄的中间低凹处，垄上覆盖地膜。双高垄的中心距一般为1m，因而滴灌毛管的布置间距为1m。滴灌毛管的每根长度一般与棚宽（或棚长）相等，对需水量大的茄子有时也布置两道。支管布置一般顺棚的后墙长度与棚长相等。在支管的首部安装施肥装置和二级网式过滤器等。

（3）膜下滴灌的管理 ①规范操作。要想达到茄子滴灌的最佳效果，设计、安装、管理必须规范操作，不能随意拆掉过滤设施和在任意位置自行打孔。②注意过滤。日光温室膜下滴灌茄子，要经常清洗过滤器内的网，发现滤网破损要更换，滴灌管网发现泥沙应及时打开堵头冲洗。③适量灌水。每次滴灌时间长短要根据缺水程度和茄子品种决定，一般控制在1～4h。

119. 如何协调好浇水与地温的关系

浇水能明显影响地温，尤其是越冬的棚室茄子浇一次水会使地温明显降低，当冬季室外温度很低时，井水河塘水温度多在2～8℃，水的比热容大，升高温度需吸收大量的热。所以一次冷水浇后地温会迅速下降，短时间内难以恢复。而棚室茄子的地温平时要比棚室内气温的下限高3～8℃，所以在浇一次水后，地温多由20℃以上降到10℃以下，很容易突破茄子所要求的地温最低值，即下限，会对茄子生长结果造成很大伤害。尤其对根的伤害大，有的受害严重难以恢复。这就要求冬天浇水要选晴天进行，要预先在头一天及浇水的当天把棚温提高2℃左右。浇水后的第一天即可把棚温提高3℃，以求借较高的棚温提高地温，使地温下降幅度变小，并能尽快恢复。

冬季茄子的浇水量也应适当减少，以避免温度低的水量太大，难以在浇水后做到尽快把地温升上来。因为在温度升高时水需热量最大，浇水量大地温在浇水后恢复缓慢，会引发茄子的生理活动受到不利影响，严重阻碍茄子的生长发育。所以冬季浇水减少浇水量很重要，也要利用地膜覆盖减少浇水次数。

120. 为什么说冬季浇水不可多亦不可无

冬季浇水容易造成一些问题，如浇水时水温低，水量大，造成温室内地温降低，根系受害，吸水吸肥能力降低甚至停止；浇水使空气湿度增大，棚膜结露增多，光照减弱，病原菌容易侵染，病害发生严重。水分是茄子生长的基础，不浇水也就不可能有产量，恰当的浇水是必需的。

冬季浇水量主要受茄子需水量、棚温高低等影响。冬季地温较低时，浇水应掌握"看天、看地、量小"的原则，以减少浇水对地温和空气湿度的不利影响。

"看天"是指浇水前要看天气、时间。晴天浇水，阴天尽量不浇水，雪天切忌浇水。浇水当天及以后的几天内必须晴天，浇水时间最好选在晴天上午进行，此时水温与地温比较接近，浇水后根系受伤害小。浇水后，关小甚至关闭通风口，使温度达到并稳定在32℃以上1~3h，提高温室内温度，以气温促地温，待地温上升后，及时通风排湿。午后浇水，会使地温骤变，影响根系活性，气温高、地温低会造成茄子生长不协调。

"看地"就是看土壤的含水量是否满足茄子的需要。茄子生长需水量大，土壤不能过干，土壤相对含水量最好不低于70%。而在冬季可适当延长浇水间隔，在土壤相对相对含水量低于65%时再浇水。土壤相对含水量70%的标准是：土壤手握成团，落地自然散开。

"量小"是指每次浇水量要小。冬季温度低，蒸发量小，茄子需水量也小，故浇水次数少、浇水量小。一般情况下，浇水均为隔行浇小水，忌大水漫灌，每次浇水量只有夏季浇水量的1/3~1/2，大概的浇水量可通过浇水时间掌握。如越冬茄子，定植时多采取大小行起垄栽培，冬季浇水时可以采取隔行浇水，小行浇水两次、大行浇水一次，轮流灌溉的方法，减轻浇水对地温的影响。有条件的地方则可以采取微喷灌浇水。微喷灌浇水水分缓慢地渗入土壤，逐步升温，地温变化小；同时，灌溉时地表无积水，空气湿度小，非常有利于温室茄子生产。

121. 茄子高产栽培对基肥有哪些要求？怎样使用基肥

茄子高产栽培一般要求加强基肥的施用，以基肥为主，追肥为辅。

基肥要以优质有机肥为主。有机肥要选用腐熟充分、肥效较高的鸡粪、豆粕肥等，中等肥力的温室，可按每亩 $5\sim8m^3$ 鸡粪或 $200\sim300kg$ 豆粕肥用量进行施肥。化肥要以复合肥和磷钾肥为主，中等肥力的温室，复合肥按每亩 $100kg$ 的量进行施肥。氮肥对早期茄子苗发棵和提高花芽质量有利，底肥中应适当增施氮肥，每亩用尿素 $40kg$ 即可。

使用基肥时注意以下几点：①要深施有机肥，一般要求有机肥的施肥深度不浅于 $30cm$。②粗肥的施肥量要大，应深施，施于茄子根系的主要分布区域里。饼肥和化肥在施粗肥后，结合起垄，施于上层土壤中，或 $2/3$ 深施入土内，$1/3$ 肥施于定植穴内，即"窝里放跑"施肥，施于定植穴内的肥一定要与土混匀。化肥中的磷肥和钙肥应与有机肥一起施肥，提高利用率。③要均匀施肥。④有机肥的粪块要小，适宜的粪块大小不超过花生米大。⑤要注意防虫。施肥前应将粪均匀喷洒农药。可选用辛硫磷、敌敌畏等杀虫剂喷洒有机肥，应用浓度应较叶片喷洒浓度稍高一些。

122. 什么是日光温室茄子"测土配方、套餐施肥"方案

（1）茄子需肥特点　茄子是喜肥作物，土壤状况和施肥水平对茄子的坐果率影响较大。在营养条件好时，落花少，营养不良会使短柱花增加，花器发育不良，不宜坐果。此外营养状况还影响开花的位置，营养充足时，开花部位的枝条可展开 $4\sim5$ 片叶，营养不良时，展开的叶片很少，落花增多。

茄子对氮、磷、钾的吸收量，随着生育期的延长而增加。苗期

氮、磷、钾三要素的吸收仅为其总量的 0.05％、0.07％、0.09％。开花初期吸收量逐渐增加，到盛果期至末果期养分的吸收量约占全期的 90％以上，其中盛果期占 2/3 左右。各生育期对养分的要求不同，生育初期的肥料主要是促进植株的营养生长，随着生育期的进展，养分向花和果实的输送量增加。在盛花期，氮和钾的吸收量显著增加，这个时期如果氮素不足，花发育不良，短柱花增多，产量降低。

生产 1000kg 茄子需纯氮 3.2kg、五氧化二磷 0.94kg、氧化钾 4.5kg。亩产茄子 4000～5000kg，需纯氮 12.8～16kg，折合尿素 27.8～34.8kg；五氧化二磷 3.8～4.7kg，折合过磷酸钙 31.7～39.2kg，氧化钾 18～22.5kg，折合硫酸钾 36～45kg。

（2）施肥原则　①重施有机肥。新建棚要尽量多施一些腐熟好的有机肥（如鸡粪）。老龄日光温室，可增施一些具解磷解钾功能的酵素菌肥类生物有机肥。土传病害严重的日光温室，应增施一些防病功能的芽胞杆菌类生物有机肥。②合理分配基肥、追肥的比例。一般情况下，有机肥、微肥、80％的磷肥、70％的钾肥和 30％的氮肥混匀后作基肥，其余 70％的氮肥、20％的磷肥和 30％的钾肥分别作追肥使用。

（3）茄子施肥要点　①育苗肥。茄子苗期对营养土质量的要求较高，只有在质量高的营养土上才能培养出节间短、茎粗壮和根系发达的壮苗。一般要求在 $11m^2$ 的育苗床上，施入腐熟过筛有机肥 200kg、过磷酸钙 5kg、硫酸钾 1.5kg，将床土与有机肥和化肥混匀。如果遇到低温或土壤供肥不足，可喷施 0.3％～0.5％的尿素水溶液。②基肥。茄子基肥施用原则是有机肥（农家肥）与化学肥料配合施用，采用全层施肥方法。至于有机肥和化肥的施用量，应根据测土配方的要求因地制宜确定。每亩 6000～7500kg 腐熟的有机肥，再加 25～35kg 的过磷酸钙、15～20kg 硫酸钾、2kg 硫酸锌、生物肥 75kg、硅酸钙肥 80kg 和 10～20kg 硫酸镁或硝酸镁，均匀地撒在土壤表面，并结合翻地均匀地耙入耕层土壤。注意日光温室茄子一定要施用一些镁肥。③追肥。当"门茄"达到"瞪眼期"，果实开始迅速生长，此时进行第一次追肥。每亩施纯氮 4～5kg（尿素 9～11kg 或硫酸铵 20～25kg），当"对茄"果实膨大时进行第二次追肥，"四母斗"开始发育时，是茄子需肥的高峰，进行第三次追肥。前三次的追肥量相同，以后的追肥量可减半。冬春季节地温低，追施复合肥时要混施一定量的优质腐殖酸，或用含氮、磷、钾足量的优质水冲肥代替复合肥，以减少单用复合肥对根系的伤害。

123. 冬季温室内冲施肥应注意哪些问题

冲肥是目前日光温室最常用的一种追肥方式。冲肥就是把固体的速效化肥溶于水中或将腐熟的鸡粪混入水中并以以水带肥的方式施肥。通过肥水结合，让可溶性的氮、磷、钾养分渗入土壤中，再为茄子根系吸收。

注意事项：①有机肥与无机肥相结合。不少农民无论冲施，还是追施，均以化肥为主。虽然有些冲施肥含有腐殖酸，但无机肥多以硝酸铵、尿素等氮肥为主，短期内茄子长势好，但缺乏长期效应。也有些冲施肥以饼肥（麻籽饼、棉饼、豆饼）和磷酸二铵（或硝酸铵）为主，效果欠佳，原因是饼肥发酵需一定的时间。②大水冲施与小水冲施相结合。不少农民无论苗期、结果期均以大水冲施肥，使得肥水过大，引起苗病、烂根、沤根。无论生物肥、有机肥，还是化肥都要看苗用肥，用量合理，并且施肥水后及时中耕松土。③生物肥与化肥相结合。生物肥料含有十几种有益菌，具有活化土壤，调节养分的功效，与无机肥（化肥）配合施用，能解除肥害，增加土壤有机质，促进根系发育。对于土传病害发生严重的日光温室应选择使用具有防病功效的芽孢杆菌类生物肥，土壤中氮、磷、钾积累较多的老龄日光温室应选择使用具有解磷、解钾作用的酵素菌型生物肥。④冲施肥在使用过程中要根据种植区内的土壤供肥能力、底肥施用量以及所种植的需肥特点，确定适合的冲施肥品种。再就是详细阅读所选购冲施肥的使用说明书，掌握适合的施肥时期、施用量和施用方法，不可凭以往的施肥经验来自作主张，以免造成不必要的损失。

124. 日光温室茄子如何采用敞穴施肥

（1）**基本方法**　在两株茄子中间的垄上挖一个敞穴，穴在灌水沟内侧，向沟内侧开豁口，豁口低于沟灌水位但高于沟底，使部分灌水可流入穴内，以溶解和扩散肥料；覆盖地膜后，在穴上方将地膜撕出一个孔；在每次灌水前1～2天，将肥料施入穴内；一次制穴，整个茄子生育期使用。

（2）**肥料种类**　除鸡粪、厩肥以外的各种肥料均适宜敞穴施肥。

（3）**操作方法**　施基肥、翻耕、起垄、移栽茄子等农事操作按照常规进行；在茄子缓苗后，覆盖地膜前，在两株茄子之间的垄上挖一个敞穴，敞穴靠近灌水沟内侧，且向灌水沟侧敞开，敞穴的穴底高出灌水沟的沟底4～6cm；地面覆盖地膜后，在敞穴上方将地膜撕开一个孔洞，孔洞大小以方便向穴内施肥为度；在浇水前1～2天施入化肥，化肥用普通的复合肥，以含硝态氮的复合肥为好；施肥量冬季每亩每次10kg左右，春季每亩每次20kg左右；浇水次数和浇水量根据茄子生长发育需求而定。见图4-4。

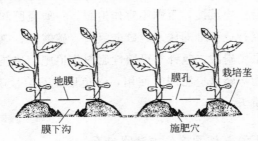

图 4-4　敞穴施肥技术示意

（4）**优缺点**　①优点：敞穴施肥较常规穴施肥减少了每次挖穴、覆土的工序，使集中施肥在日光温室茄子覆盖地膜的情况下得以实现；克服了冲施肥供肥强度低，肥料利用率低的缺点；这样在较易农事操作下，实现了集中施肥，提高了供肥强度。②缺点：追肥过于集中，一次施用量过多，容易引起烧根；受穴大小限制，不能追施腐熟鸡粪等有机肥。

125. 滴灌施肥对肥料有哪些要求

滴灌施肥是将施肥与滴灌结合起来的一种新的农业技术。滴灌可将可溶性肥料随水施到作物根区。凡采用滴灌设施浇水的茄子日光温室均采用这一方式追肥。

主要有以下4点要求。①为防止滴头堵塞，要选用溶解性好的肥料，如尿素、磷酸二氢钾等。施用复合肥时，尽量选择完全速溶性的专用肥料。确需施用不能完全溶解的肥料时，必须先将肥料在盆或桶等容器内溶解，待其沉淀后，将上部溶液倒入施肥罐，进入滴灌系统，剩余残渣施入土中。②一般将有机肥和磷肥做基肥使用。因为有的磷肥如过磷酸钙只是部分溶解，残渣易堵塞喷头。③要选择对灌溉系统腐蚀性小的肥料。如硫酸铵、硝酸铵对镀锌铁的腐蚀严重，而对不锈钢基本无腐蚀；磷酸对不锈钢有轻度的腐蚀；尿素对铝板、不锈钢、铜无腐蚀，对镀锌铁有轻度的腐蚀。④追肥的肥料品种必须是可溶性肥料，要求纯度较高，杂质较少，溶于水后不会产生沉淀，否则不宜作追肥。一般氮肥和钾肥选用符合国家标准或行业标准的尿素、碳酸氢铵、硫酸钾、氯化钾等。补充磷素一般采用磷酸二氢钾等可溶性肥料作追肥。追补微量元素肥料，一般不能与磷素追肥同时使用，以免形成不溶性磷酸盐沉淀，堵塞滴头或喷头。

126. 膜下滴灌施肥操作方法是什么

（1）选择肥料品种　利用滴灌施肥要按作物对养分的需求选择合适的肥料种类，茄子在生长中后期既要使植株具有一定的营养生长势，又要确保果实具有较好的品质，一般选用尿素、磷酸二氢钾等提供大量元素，选择水溶性多效硅肥、硼砂、硫酸锰、硫酸锌等提供中量、微量元素。其中，微量元素也可直接用营养型叶面肥，如肥力宝等。具体选用什么肥料要根据基肥和植株长势确定。

（2）配制肥料溶液　肥料溶液可根据施肥方法配制成高浓度和低浓度两种溶液。高浓度溶液就是将尿素、磷酸二氢钾等配制成5%～10%的水溶液，中、微量元素配制成1%～2%的水溶液；低浓度溶液就是将尿素、磷酸二氢钾等配制成0.5%～1%的水溶液，中量、微量元素配制成0.1%～0.2%的水溶液直接施用。

（3）肥料用量及混用　每次每亩尿素施用量3～5kg，每次每亩磷酸二氢钾用量1～2kg，这两种肥料也可混合施用。微量元素一般每一种肥料在一季作物中不能超过1kg，每年都施用的地块不超过0.5kg。

（4）施肥方法　当用高浓度溶液进行施肥时可与灌水同时进行，即打开施肥器吸管开关，使肥液随水流进入软管，肥液的流量用开关控制；用低浓度溶液直接施肥时，将灌水阀门关闭，打开施肥器吸管的开关，把过滤器固定在肥液容器底部，接通肥液即可施肥。

（5）注意事项　配制的肥液不应含有固体沉淀物，防止滴孔堵塞；高浓度肥液要控制好流量，不宜太大，防止浓度过高伤害作物根系；施肥结束要关闭吸管上的开关，打开阀门继续灌水数分钟，以便将管内残余肥料冲净。

127. 日光温室茄子为什么提倡叶面追肥？如何正确施用叶面肥

叶面追肥是将配制好的肥料溶液直接喷洒在茄子茎叶上的一种施肥方法。

（1）茄子采用叶面追肥的好处　叶面追肥作为茄子施肥的一种常用方法，具有许多独特的优点：①叶面追肥可使茄子通过叶部直接得到有效养分，而采用根部追肥时，某些养分常因易被土壤固定而降低植株对它们的利用率。②叶部养分吸收转化的速度比根部快；以尿素为例，根部追施4～5天才能见效，叶面喷施当天即可见效。③叶面追肥可以促进根部对养分的吸收，提高根部施肥的效果。④叶面喷施某些营养元素后，能调节酶的活性，促进叶绿素的形成，使光合作用增强，有利于改善品质，提高产量。总之，叶面追肥是一种成本低、见效快、方法简便、易于推广的施肥方法。但茄子吸收矿质营养主要靠根部，叶面追肥只能作为一种辅助手段，生产上仍应以根部施肥为主；采用叶面追肥时，必须在施足基肥并及时追肥的基础上进行，只有这样，才能取得理想的效果。

（2）叶面追肥应注意的问题　①选择适宜的肥料种类。目前市场上的叶面肥种类很多，但主要有营养型调节剂和生理型调节剂两大类，这两类调节剂成分不同，具有各自的作用。营养型调节剂主要含作物生长发育所不可缺少的元素，生理型调节剂主要含有植物生长激素类。叶面追肥主要根据不同作物和不同的长势、气候条件和生育进程来确定。若作物生长缓慢，叶色发黄，可选用营养型以氮为主的肥料，例叶面宝、喷施宝、绿风95、丰产灵、尿素等；若茄子生长过旺，可选用抑制生长的肥料，例如矮壮素、缩节胺等，以便发挥应有的作用。②掌握喷施浓度。叶面追肥浓度是否适宜，对茄子的生长发育有着明显的差别。例如矮壮素，浓度过大时易形成老小苗，浓度过小时又起不到抑制的作用。适宜的叶面追肥浓度应以不灼伤茄子叶片为好，尿素以1%～2%为宜，硫酸铵以2%～4%为宜，磷酸二氢钾以0.2%～0.4%为宜。粉剂叶肥在配制过程中一定要完全溶解，激素类叶肥一定要按规定进行配制。③适时进行叶面追肥。一般在茄子育苗后期、生长中后期或发现缺素症初期，都可以进行叶面追肥。叶面追肥应注意到不影响授粉，花期不宜喷施。茄子苗期因叶片小，附着能力差，也不宜喷施。旺长的作物和肥力充足的田块不宜喷施助长型调节剂。总之叶面追肥要根据苗情、地力，掌握关键时期适时进行。④选择适宜的时间。一般选择晴朗无风或微风天气条件下进行，在上午9～11时，下午2～4时喷施效果最好。大风天、阴雨天和晴天的中午不宜喷施。⑤喷施的部位和方法。茄子吸收养分主要通过叶片的气孔，叶片背面气孔多于正面，所以喷施时叶片正背两面都要喷，尤其是具有功能的叶片。喷时可单独喷，为防治病虫害也可用肥加药剂混合喷施。喷施前要充分搅拌均匀，以提高肥效和药效。

128. 茄子成株期发生叶面肥害有哪些表现？发生肥害后怎么办

根外追肥时，有时因为肥液浓度过大或肥液中有沉淀物，以及喷施了不适宜作叶面追肥的化学肥料，常常会发生肥害现象。

其症状为在叶面追肥后，叶片上出现水渍状灼伤，最后因叶绿细胞死亡而出现枯斑。

发生叶面肥伤症状后，应采取以下措施：①立即用清水反复冲洗叶面多余肥料，增加叶片含水量，缓解叶片受害程度。②土壤含水量不足时，要浇水以增加植株体内的含水量，降低茎叶中的肥液浓度。③提高温室内的温度，促发新芽。

129. 日光温室茄子怎样正确使用微量元素

微量元素在茄子体内含量虽少，但它是植株体内酶或辅酶的组成部分，具有很强的专一性，是茄子植株正常生长发育所不可缺少或不可相互代替的一部分。因此，当茄子缺乏任何一种微量元素时，生长发育就受到抑制，导致减产和品质下降，严重时甚至绝收。相反，如果这些微量元素过多又会出现中毒现象，影响茄子的产量和品质。因此只有合理使用各种微量元素肥料，才能保证棚室茄子的高产稳产。

茄子对微量元素的需求量较少，所以在使用时除了可以跟有机肥混合后基施外，还可以做叶面肥喷施，但要注意以下5点。①浓度。喷施浓度适宜才能收到良好的效果，一般地说，各种微量元素肥适宜的喷施浓度是：硼酸或硼砂溶液600～800倍液，硫酸亚铁溶液600倍液，硫酸锌溶液400～800倍液。②时期。喷施微量元素肥的时期一般以开花前喷施为宜。为利于微量元素的吸收利用，一般可以在阴天或晴天的下午到傍晚喷施。③用量。每亩喷施肥液40～75kg，能使蔬菜茎叶沾湿为宜。④次数。叶面喷施一般用肥量较少，所以1次难以满足全部生长发育过程的需要，根据茄子生育期的长短，一般喷施2～4次为宜。⑤混喷。微量元素肥料之间混合喷施或与其他肥料和农药混喷，可节省工序，起到"一喷多效"的作用。但要注意各种肥料和药剂的特性，如果性质相反，互相妨碍，那就一定不要混合喷施。一般来说各种微量元素肥料均不可与草木灰、石灰等碱性肥料混合使用。

 130. 茄子植株早衰与施肥有何关系？如何做到科学施肥防早衰

早衰就是植株提前衰老，其主要症状表现是：植株茎细，叶小、叶黄，长势衰弱，坐果少，果实发育不良，产量低，抗病抗逆能力降低。施肥不当往往是造成植株早衰的重要原因之一，其主要体现在以下3个方面。一是基肥不注重有机肥的使用。有机肥是缓效肥、长效肥，使用后不仅能够改良土壤，培肥地力，而且能够均衡、长期供应茄子生长所需的各种营养。若有机肥使用不足，常导致植株生长发育中后期出现脱肥性早衰现象，即使再追施更多的肥料也不能挽救植株早衰的状况。同时，不注重有机肥的使用而片面增施化肥，常常造成地表土结皮、不渗水，从而易造成根系生长发育不良，引起早衰。二是过量使用氮肥。有些菜农为了促进茄子生长，过量追施氮肥，结果造成根系受伤，植株长期得不到充足的营养供应，使得植株瘦弱，发育不良，发生早衰。特别是在冬春季低温阶段，因温度低，茄子生长速度慢，过量使用氮肥不仅容易发生烧根现象而且还容易引发氨气危害。随着温度升高后，过量使用氮肥容易造成植株徒长，从而使植株过早衰老。三是一次性冲肥过量。一次性冲施过量的肥料，造成土壤溶液浓度增大，渗透阻力增大，导致根系吸水困难，影响根系生长，进而导致植株生长所需的水分和养分供应不足，从而引起早衰。

杜绝上述施肥方法，做到科学施肥，延缓植株衰老。科学的施肥方法是：在施足有机肥（一般每亩每年使用有机肥5000kg以上为宜）的基础上，根据作物的生长需求适量使用化学肥料，不能偏施氮肥。如茄子结果期冲施肥以氮与钾的比例为1：2最为适宜，且每亩每次冲施复合肥30kg即可。

茄子因脱肥早衰后，应采用上喷下灌相配合进行的方法补救。上喷，即叶面喷施叶面肥。可用氮磷钾营养型叶肥混加细胞分裂素400倍液进行叶面喷雾，迅速补充茄子生长所需的养分，延缓植株衰老。下灌，即施生根剂或微生物菌肥，以促进根系的生长，增强根系吸收水肥的能力。在植株恢复正常后，再按茄子生长需求，及时进行追肥。

 131. **冬季温室茄子叶面喷糖有什么作用？应注意哪些问题**

冬季温室茄子叶面喷糖的主要作用是叶面补充茄子生长所必需的糖，弥补因冬季光照不足所引起的光合作用弱、光合产物少所带来的植株营养供应不良、落花落果严重等问题。一般叶面喷糖后，叶片色泽深，叶片加厚，植株长势旺，结果多，不易早衰。同时叶片上喷糖，提高植株体内糖分含量，可减轻病害发生。

①要用可溶性糖进行叶面喷糖。可溶性糖易于被叶片吸收，利用率高，见效快。②要选择晴天上午喷施，喷后要对温室适当放风，排除温室内过湿的空气，防止发病。③注意使用方法。尿素0.2kg、红糖0.5kg，加水50kg，在生长期每隔5～7天喷1次，于早晨喷在植株及叶背面，连续喷4～6次。糖的浓度不宜过高，否则叶片上残留的糖过多，容易染尘，引发煤污病。

132. **增施腐殖酸对提高肥料利用率有哪些作用**

增施腐殖酸，能够提高肥料的利用率。茄子是喜肥作物，需肥量较大，故而在一定范围内增施肥料对茄子的生育、产量及品质有着显著的促进作用。但过量施用，不仅肥效下降，造成经济上的巨大浪费，而且还会破坏土壤结构，造成土壤板结、环境污染。腐殖酸既具有一般化肥的速效增产作用，又具有有机肥料的活化土壤、缓释培肥作用，而且无公害、无污染，对解决既要发展农业又要保护环境的矛盾，促进生态良性循环有着十分重要的意义。

腐殖酸含有羟基、酚羟基等酸性官能团，有较强的离子交换能力。施入土壤后在一定程度上起储存无机氮肥的作用，还可以促进根系发育及植株体内氮素代谢，促进植株对氮的吸收，进一步提高氮素特别是尿素的利用率，腐殖酸与尿素作用可生成络合物，对尿素的缓释增效作用十分明显，可使氮利用率提高 $6.9\% \sim 11.9\%$，后效增加 15%。

腐殖酸对磷肥具有增效作用：一方面，腐殖酸与磷肥形成腐殖酸-金属-磷酸盐络合物，从而防止土壤对磷的固定，磷肥肥效可相对提高 $10\% \sim 20\%$，茄子吸磷量提高 $28\% \sim 39\%$；另一方面，腐殖酸能够提高土壤中磷酸酶的活性，从而使土壤中的有机磷转化为有效磷。磷在土壤中垂直移动距离为 $3 \sim 4cm$，添加腐殖酸增加到 $6 \sim 8cm$。

腐殖酸对钾肥具有增效作用，腐殖酸的酸性官能团可吸收和储存钾离子，防止在土壤中随水流失，又可以防止土壤对钾的固定，可对含钾的硅酸盐、钾长石等矿物有溶蚀作用，可缓慢分解增加的释放，从而提高土壤速效钾的含量。

腐殖酸能够提高土壤中微量元素的活性，一些微量元素如硼、铁、锌、锰、铜等，多以无机盐形式施入土壤，易转化为难溶性盐，使其利用率降低甚至完全失效。腐殖酸可与金属离子间发生螯合作用，使其成为水溶性腐殖酸螯合微量元素，从而提高植株对微量元素的吸收与运转。

133. 如何正确认识微生物肥料

微生物肥料是指应用于农业生产中，能够获得特定微生物效应的，含有特定微生物活体的制品，以微生物的生命活动及其产物来改善茄子的营养条件，促进作物吸收营养，刺激作物生长发育，增强作物抗病抗逆能力，提高茄子产量，改善产品品质；改良土壤，提高土壤肥力，净化土壤，减少环境污染，是生产无公害农产品最理想的肥料。

（1）微生物肥不是速效性肥料　很多菜农朋友们都认为凡是微生物肥就一定是速效性的肥料，其实这种认识是错误的，微生物肥是指含有生物菌群如根瘤菌、固氮菌、解钾菌、解磷菌、酵素菌或者是微生物菌群（如 EM）等的肥料。就其效果而言，单纯的微生物肥的效果是非常慢的，因为纯粹的微生物肥料本身不具有营养元素对作物的作用，生物肥料中的微生物菌群主要通过固定营养元素或分解土壤中被固定的营养元素或通过改良土壤环境来达到促进作物吸收营养元素的目的，因此纯粹的微生物肥并不是速效的而是缓效的。而目前市面上常见的不少微生物肥，主要是复合微生物肥料，复合的方式可以是两种或两种以上微生物的复合，也可以是微生物与有机肥料、大量营养元素或微量元素的复合。这种肥料的优点是作用全面，既能改善作物营养，又能促生、抗逆、抗病，还能增强土壤生物活性，做到了各菌种间相互促进，有机、无机与微生物相互促进，因而肥效持久，增产效果好，是今后生物肥料发展的方向。

（2）微生物肥不一定是冲施肥　目前在市场上的微生物肥都以冲施肥为主，这样就给了经销商及菜农朋友们一种误解，认为微生物肥料就一定是冲施肥，其实，微生物菌肥并不单纯是冲施肥，也有叶面喷洒的，也有作为底肥或育苗肥施用的。

134. **如何用农作物秸秆自制微生物有机肥**

利用 EM（由光合细菌、乳酸菌、酵母菌、芽胞杆菌、醋酸杆菌、双歧杆菌、放线菌组成）、CM（由光合细菌、酵母菌、醋酸杆菌、放线菌、芽胞杆菌等组成）、酵素菌液，收集农作物秸秆。例如稻壳、麦壳、铡细短的玉米秸秆、麦秆、豆秆等，用以上任一种菌液进行堆沤发酵，通过微生物产生多种酶，促进有机物的分解，使发酵物转化为供植株生长的营养物质的微生物有机肥。

（1）材料准备　每1000kg作物秸秆需要EM或CM菌液2kg左右、尿素5kg（也可用10%的人粪尿、鸡粪或30%的圈肥代替）、麦麸5kg、过磷酸钙5kg。

（2）材料处理　玉米秸、麦秆要铡成5～10cm的小段，稻壳、麦壳或杂草可不做以上处理。

（3）堆沤要点　要掌握六字要领，即"吃饱、喝足、盖严"。所谓"吃饱"是指秸秆和调节碳铵比的尿素或圈肥（或人粪尿、鸡粪）及麦麸要按要求的量加足。"喝足"就是秸秆必须被水浸透，加足水是堆沤的关键。"盖严"就是成堆后用泥土密封，可起到保温、保水的作用。堆制10～15天可翻堆一次并酌情补水，加速成肥过程。如不进行翻堆，要在堆的中央插数把秸秆束，便于透气，满足好气微生物的活动。

（4）堆制方法　①集中堆制法。选择背风向阳的地方建堆，以利增温，但温度不宜超过45℃。堆底要求平实，并在四周起30cm的土埂，以防跑水。将已湿透的秸秆堆高60cm时浇足水，秆面先撒尿素、磷肥总量的1/5，再加少量水溶解，然后均匀撒上菌种和麦麸的混合物的1/5，再撒秸秆30～40cm厚及其余的化肥和菌种，然后用泥封存2cm厚。要求堆宽1.5～2m，高1.5m左右，长度不限，分3～4层堆沤。玉米秸秆适当踩实，其他沤制材料不用踩实。②深埋堆沤法。可在果园、地头、路沟采用挖沟的方法沤制，挖宽60～70cm，深100cm的条沟，在沟内按上述堆制方法沤制。③温室基施法。顺温室栽培行挖50cm深、50cm宽的沟，在沟内撒30cm的秸秆进行沤制，沤制方法同上。最上面盖土施肥后直接定植，最好是起垄定植。要求秸秆应铡成10cm的小段。

135. 微生物菌肥为什么能改良土壤、防病和增产

（1）具有平衡土壤养分的作用　因为微生物菌肥含有几十种土壤有益菌组成的菌群，其中含有磷细菌、钾细菌、固氮菌、乳酸菌、放线菌等。①解磷。磷元素移动性差，易被土壤固定，在增施微生物肥后，其中的磷细菌可分解土壤中已被固定的磷元素，有效

磷的分解量提高80%左右，从而能重新被作物吸收和利用。②解钾。钾元素系晶格物，大量存在于钾长石中，仍然有50%左右不能被作物吸收利用，在解钾细菌的作用下，有效钾可提高20%以上，在保护地连年施用含钾复合肥的情况下，一季蔬菜不施钾肥，注意增施生物菌肥或冲施菌液，增产效果亦十分明显。③固氮。菜田撒施或冲施氮素化肥，利用率一般在30%左右，绝大部分随水淋溶流失或被土壤固定。微生物肥在放线菌等固氮菌的作用下，能固定和缓释土壤中的氮素，供作物均衡长效利用。据有关报道：施用微生物肥比单纯施氮素化肥的硝酸盐含量可下降40%左右，对生产无公害蔬菜是十分有利的。

（2）对植物体的生长具有平衡作用　有益微生物不但分解土壤中的矿质营养，而且自身能分泌酶和激素，对植物的生长具有调节、平衡、促进作用，能促进提早成熟，能抑制徒长，解除僵化、老化菌等作用十分突出。微生物肥中的有益菌能产生糖类、有机酸、氨基酸、霉类物质，能参与腐殖酸的形成，施菌肥比单施堆肥和畜禽肥可提高腐殖酸25.6%，胡敏酸与富里酸增加45.1%从而改善了土壤结构。并能刺激植物体营养运转，加速叶片营养向果实流动，从而提高了产量。

微生物肥能加速作物秸秆等有机物的腐熟，通过其发酵作用产生CO_2气体，供应植物根系和叶片的吸收，增产作用为30%以上。

（3）具有解盐防病作用　有益微生物菌群处于一个统一体中，互不拮抗、互相促进，共同构成一个复杂而稳定的具有多元功能的微生态系统，可抑制有害微生物，尤其是病原菌和腐败细菌的活动，减轻并逐步消除土传病害和连作障碍。由于微生物菌具有分解和合成糖类、有机酸类、酶类的功能，对于连作田的积盐能分解转化，从而降低了土壤含盐量。生产实践中，基施或冲施微生物菌肥和原液2~3次，土壤含盐量降低50%以上，对于作物具有"起死回生"的效果，连续施用2~3年，土壤连作障碍将得以克服。

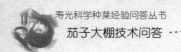

136. 应用菌肥存在哪些误区

误区一：盲目大量施用。

菌肥施入土壤后，能够改良土壤结构，为作物和土壤微生物生长提供良好的营养和环境条件。土壤中施入较多的菌肥虽然不会出现像未腐熟的有机肥料那样的烧根烧苗现象，但并不是施得越多就越好。这是因为茄子产量的高低与土壤中养分含量最低的一种养分相关，土壤中某种营养元素缺乏，即使其他养分再多，茄子的产量也不会再增加。只有向土壤中补偿缺少的最小养分后，茄子产量才能增加。另外，当施肥量超过最高产量施肥量时，茄子的产量便随施肥量的增加而减少，生产投入成本增加而收益却减少，在经济上也不合算。因此，不可盲目大量施用菌肥，应根据茄子的需要和土壤养分状况，科学地确定施肥量，才能达到增产增收的目的。

如激抗菌968菌肥沟施、穴施或畦施时，在土壤状况比较正常的情况下每亩用80～100kg即可；若土壤盐渍化程度较高，可增加用量。根据盐渍化的轻重程度，每亩可增加20～40kg。

误区二：菌肥代替农药。

死棵是近年来棚室茄子最为突出的病害。随着菌肥的不断推广应用，很多菜农穴施菌肥有效地控制住了茄子死棵的发生发展，于是生产中不少菜农就将使用菌肥作为抑制茄子死棵的唯一措施，或者在菌肥预防死棵效果不理想时说"这个菌肥是假的"等。

菌肥的确可以起到以菌抑菌的防病效果，但是菌肥不是农药，不能达到农药防治病害的效果。一旦发生病害，特别是根茎部病害，还要使用药剂对症用药进行防治，不可过分依赖菌肥的防病功效。

误区三：菌肥不能与化肥混用。

国家明文规定：菌肥中养分的含量不能超过12%。因此，有些菜农就认为，菌肥不能与化学肥料混用，混用后高浓度的化学物质就会杀灭菌肥中的活性菌，因而菌肥就失去了其意义。

其实，这是一种错误的认识，特别是菌肥作追肥进行冲施时，因其自身的营养含量低，若单用则难以满足茄子正常生长的养分需求。同时，菌肥除去不宜与尿素碳酸氢铵等含氮化肥混用外，可与磷钾肥混用。其好处：①提高磷钾化肥的肥效。如过磷酸钙等施入土壤后易被土壤固定而失效，与生物有机肥混合后施用，减少了化肥与土壤的接触面，减少养分的固定，同时化肥也可以被菌肥吸收保蓄，减少养分流失。②减少磷钾化肥施用后可能产生的某些副作用。单独施用较大量磷钾化肥或施用不均匀时，容易对茄子产生毒副作用，如长期施用生理酸性肥料，会使土壤变酸，产生过多的活性铁、活性铝等有毒物质，若与菌肥混合后施用，则不会发生此类问题。③增加作物养分。磷钾化肥只能为作物提供一种或几种养分，长期施用，茄子会产生缺素症。菌肥所含养分全面，肥效稳而长，含有大量的有益微生物和有机质，能够改善土壤理化性质和微生物体系，增强土壤中酶的活性，有利于养分转化。

虽然菌肥的使用效果明显优于普通有机肥和化肥，但菌肥不能代替化肥和有机肥，它与化肥和有机肥一样都是农业生产中的重要肥源。因此，针对当前棚室土壤恶化的情况，在提倡增施菌肥的同时，也提醒菜农朋友不要忽视化肥和有机肥的使用。

137. 日光温室茄子冬季施菌肥土壤环境有什么要求

同一个地区的温室茄子，用了同一种生物菌肥，有的棚室增产增收效果明显，有的棚室却根本没看出什么效果。造成这种现象的根本原因与温室土壤的环境有关，尤其在冬季，棚内土壤在温度低、湿度大、有机质含量不足的情况下，生物菌在土壤中的活动能力非常弱，所发挥的作用也大不相同，因此，冬季温室茄子施用菌肥，调节好土壤环境是关键。要想让生物菌在冬季发挥出应有的效果。应注意以下几点。

（1）调控好棚内的地温　一般菌肥中的生物菌在土壤18～25℃时生命活动最为活跃，15℃以下时生命活动开始降低，10℃以下时活动能力已很微弱，甚至处于休眠状态。因此，冬季温室茄子施入菌肥后，调控好地温至关重要。而在冬季要想保持较高的地温，首先要控制好温室内的气温，以气温促地温回升。一般棚内气温白天应保持在25～30℃为宜，夜间棚内温度低，为避免地温散失，维持地温恒定，除了采取地膜覆盖外，在操作行内覆盖作物秸秆也不失为一种好办法。

（2）调控好土壤的湿度　土壤含水量不足，不利于生物菌的生长繁殖，但土壤在浇水过大、透气性不良、含氧量较少的情况下也不利于生物菌的生存，因为生物菌大都是好氧性，一般在土壤见干见湿时生物菌的生命活动最为活跃。因此，除调控好地温外，合理浇水也是一个重要的因素。一般情况下，浇水应选在晴天的上午进行，因这段时间内浇水有利于地温的恢复和棚内湿气的排除。浇水时要注意浇小水，切忌大水漫灌，浇水后应及时划锄，以增加土壤的透气性，促进生物菌的生命活动。

（3）注意施足有机肥　在很多温室区，棚内土壤有机质含量严重贫乏，个别地区有机质含量还不足1%。而生物菌的功效是在土壤有机质丰富的前提下才能发挥出来的。毕竟，生物菌肥不像化学肥料，它一般不含氮、磷、钾，目前市场上推出的生物菌肥中虽也添加了部分氮、磷、钾，但含量都很低，同时所含的有机质也不是太高，根本不能满足茄子对营养元素的需求。也就是说，生物菌肥的主要作用仅仅是靠生物菌分解土壤中的有机物来实现的，如果土壤中的有机肥施用不足，那么它是分解不出什么养分来的。因此，茄子定植前，一定要注意施足有机肥，一般每亩茄子以施纯鸡粪15～20m³ 或稻壳粪35～40m³ 为宜。

（4）调节土壤酸碱度　生物菌对土壤的酸碱度也有要求。土壤偏酸或偏碱都不利于生物菌的生长繁殖。一般情况下，土壤pH值在6.5～7.5之间时最适合生物菌的繁殖，菜农可根据自己土壤的情况加以改造。

138. 茄子定植后发现鸡粪腐熟不够怎么办

施用生鸡粪容易造成烧苗。在施用鸡粪做基肥时一般能做到提前把鸡粪腐熟好才施入温室中。但有时会出现将没有完全腐熟的鸡粪误认为已完全腐熟而施入温室中的情况。这种情况往往在茄子定植后才能发现。生产上发现鸡粪没腐熟后应采取以下措施补救。

一是应及时冲施腐熟剂。腐熟剂即含有酵母菌的复合微生物制剂（如 EM 菌）。如果鸡粪没腐熟好，茄子定植后 3～5 天就可出现烧苗症状，此时应及时冲施腐熟剂，以加快鸡粪的腐熟。如每亩每次冲施 EM 菌 2kg，能达到快速腐熟的目的。

二是应加强通风，避免气害发生。冬季棚室相对密闭，鸡粪在腐熟的过程中产生的氨气挥发不出去，很容易熏坏茄子秧苗。因此，在出现烧苗现象时，应坚强通风，增加放风次数和时间，以便把温室内的氨气及时排出棚外，从而避免气害的发生。

三是增施生物菌肥。生物菌肥不仅具有改良土壤结构、提高土壤肥力、抑制根部病害的作用，对促进鸡粪的腐熟效果也很显著。因此，当鸡粪出现烧苗现象时，可每亩每次用满园春生物菌肥（有效成分为酵母菌、固氮菌、放线菌和芽胞杆菌）20～25kg，随水冲施，也可冲施适量的微生物制剂（如 EM 菌剂），效果较好。

四是叶面喷洒植物生长调节剂。当茄子出现烧苗时，可用生根剂灌根，以促进根系生长。也可用纳米磁能液 2500 倍液或爱多收 6000 倍液叶面喷洒，能显著增强植株长势和抗逆抗病能力。

139. 怎样做到鸡粪分批分次施用

一次性集中大量地施用鸡粪等有机肥作底肥，容易导致开花前的茄子出现烧根、烧苗、气害等问题，严重影响茄子产量和效益。生产上应改一次性施入为分次分批施用，以满足茄子不同生长期对养分的需求。

具体做法为：每亩茄子一般施用 12m³ 鸡粪，且分 3 次施用。

第一次施肥是在茄子定植前 25 天。施入 6m³ 鸡粪作底肥，并结合 60kg 三元复合肥（15：15：15）加 200g 硼肥加 250g 硫酸锌一并施入土壤中，然后翻地整畦。这一次施肥为茄子前期生长供给了充足的养分，可促进根系生长，培育壮棵，为茄子高产打下了基础。

第二次是在茄子定植前 15～20 天。施入 3.5m³ 鸡粪配合农作物秸秆利用生物反应堆技术进行发酵，这时地温高，发酵快，经15天左右，有机肥充分发酵腐熟后就可定植。该技术分解发酵能够产生二氧化碳和有机酸类物质并释放热量，二氧化碳可直接被茄子吸收，增强光合作用，增加茄子光合产物的积累；秸秆发酵过程中产生的热量可以提高地温 $2\sim3℃$。

第三次是在茄子定植后开花结果期。把剩余的 $2.5m^3$ 鸡粪在大行间挖沟施入，进行追肥。通过沟施，可引根向下，使茄子根系向四周伸展，能增加茄子中后期产量，尤其是能满足茄子开花结果盛期对养分的需求。避免了单一冲施鸡粪造成的烧根、气害等问题，同时追肥基本不会增加土壤盐离子浓度，不影响根系的正常呼吸。

一次性集中施入大量有机肥和化肥，会增加土壤中盐离子浓度，严重时土壤表层会泛起白碱或红碱。而肥料分批分次施用，形成了细水长流式供肥，能够不断地满足茄子整个生长期对养分的需求，结出的茄子品质好，产量高。

140. 日光温室如何合理用麦秸、麦糠

（1）堆沤发酵　可以把小麦秸秆就地堆沤或沟池堆沤，其做法是：在地面上铺一层薄膜，将麦秸铺成 50cm 高、2m 宽（见书前彩图 4-9），长度不限，作为一层，然后喷水，水量要求喷湿喷透，地面略淌水为宜，在秸秆上面撒上尿素，为秸秆重量的 0.5% 即可；同样做法连铺三层为止，每隔 $1\sim2m$ 插玉米秸束 1 个，以利透气。20 天左右查看 1 次，可以根据实际情况翻堆、加水，注意堆沤地点一定选择向阳处，温度以达到 50℃ 以上为宜。也可以用 EM 菌、CM 菌、酵素菌原液 $200\sim300$ 倍液堆沤发酵，每一层都要把菌液喷匀喷透，基本做法同上，不过温度一定控制好，以 $35\sim38℃$ 为宜。堆沤的秸秆达到黄褐色、易碎，方可作为基肥使用。

（2）与氰氨化钙混用。每亩日光温室使用铡碎的麦秆 $1000\sim2000kg$、氰氨化钙 $150\sim200kg$，均匀撒施于田间，深翻 30cm，然

后整畦灌水，高温闷棚 30 天左右，放风晾晒 10 天后定植，此方法既能杀死根结线虫，又能为土壤消毒，还能增加土壤中的有机质和氮素养分，一举三得。

（3）直接沟施　麦秆铡碎后，顺栽培行挖沟，沟深 30cm 以上，每沟撒施麦秆 10kg 以上，如果配合使用腐熟的有机肥，加上菌肥或者甲壳素，既增加了土壤肥力，又提高了土壤的透气性，还能预防作物的根部病害防死棵。在不使用菌肥的情况下，每沟施 68％金雷（有效成分为代森锰锌和甲霜灵）悬浮剂 10g，与土混匀，可以预防苗期疫病死棵，效果显著。麦秆或麦糠沟施注意：一是要灌足水，二是要高温闷棚 15 天以上，使用菌肥的除外。

141. 日光温室茄子为什么要施二氧化碳气肥

（1）施用二氧化碳的必要性　日光温室是一个相对封闭的保护设施，其内的二氧化碳主要来自大气、植物呼吸和土壤微生物的呼吸作用。温室内二氧化碳的浓度，在上午揭苫前达到最大 1000ml/m^3，揭苫后，随着光合作用的进行，约每小时以 400ml/m^3 的速度下降，到温室通风前，室内二氧化碳浓度下降到一天中的最低值。而外界大气中的二氧化碳浓度只有 300ml/m^3，通风不能完全满足作物光合作用对二氧化碳的需要，因此在作物生长盛期施用二氧化碳气肥十分必要。

（2）温室内施用二氧化碳的时期和时间　日光温室蔬菜生长发育前期（定植后 40 天内）植株较小，吸收二氧化碳的数量相对较小，加之土壤中有机肥施用量大，分解产生的二氧化碳较多，一般可以不施二氧化碳。若过早施用二氧化碳，会导致茎叶生长过快，影响开花坐果，不利于丰产。进入坐果期后，应加大二氧化碳施用量，尤其在结果高峰期正值营养需求量最大的时期也是二氧化碳施用的关键期，此期即使外界温度较高，通风量加大了，每天也要进行短时间的二氧化碳施肥，如能保证每天有 2h 左右的高浓度二氧化碳时间，就能明显地促进蔬菜生产。结果后期，植株的生长量减少，应停止施用，以降低生产费用。

一天内，二氧化碳的具体施用时间应根据温室内二氧化碳的浓度变化以及植株的光合作用特点进行安排。一般晴天日出揭苫半小时后，温室内的二氧化碳浓度下降较明显，浓度将很快低于光合作用的适宜范围，所以晴天应在日出后（揭苫后）半小时开始施用二氧化碳；多云或轻度阴天，可把施肥时间适当推迟半小时。

（3）二氧化碳施用方法　温室内二氧化碳施肥方法有多种，主要方法有固体二氧化碳法（干冰法）、液体二氧化碳法（钢瓶法）、燃烧法和化学反应法，二氧化碳固体颗粒气肥等碳化发生器和专用燃料，费用较高。另外，燃料纯度不够时，还会产生一些对蔬菜有害的气体。

目前常用的方法是：①二氧化碳固体颗粒气肥法。可直接将二氧化碳固体颗粒气肥撒施于地面或埋入地表层，吸水后释放出二氧化碳气体。一般温室内每亩地面施用 40kg，有效期可达 40 多天，到施后第 40 天，室内上午二氧化碳浓度可达 $1000ml/m^3$。②燃烧法。通过燃烧碳氢燃料（如煤油、石油、天然气、煤炭等），产生二氧化碳，再用鼓风机把二氧化碳气体送入温室内。如二炮研制的燃煤式二氧化碳发生器。燃烧法因需要专门的二氧化碳发生器，成本较高。③化学反应法。利用酸和碳酸盐反应，放出二氧化碳气体，在生产上应用较多的是硫酸与碳酸氢铵反应生成二氧化碳体气，其中反应产物硫酸铵又可作肥料使用。化学反应法操作较费工，二氧化碳浓度也不易控制，但由于取材方便，不需要专门设备，成本低，备受农民的欢迎。④"硫酸、碳铵"反应：将硫酸氢铵和稀硫酸（浓硫酸：稀硫酸＝1：3）分成若干份，每份放于一塑料桶内，把塑料桶均匀分散排列在温室内。为使二氧化碳均匀扩散到整个温室里．反应点要求离地 1m 以上。为避免反应时泡沫飞溅出桶外，要求每个桶内的稀硫酸盛量不超过桶高的 1/4。

（4）二氧化碳施肥的注意事项

第一，要保证肥水充足供应。二氧化碳气体施肥后，虽能促进蔬菜的生长发育，提高产量，但二氧化碳只能增加蔬菜的碳水化合物，矿质营养和水必须由土壤提供。此外，由于二氧化碳气体施用后，植株生长加快，对肥水的需求相应增多。

第二，温室内气温偏低时不得施用二氧化碳。温度偏低，不仅二氧化碳的利用率低，而且二氧化碳气体的浓度容易偏高，易引起气体中毒。因此，当温室温度低于 15℃ 时，要停止施用二氧化碳气肥。

第三，每次施用二氧化碳时间不易过长，一般每天上午日出后（或揭苫后）施肥 2h 为宜，放风前半小时要停止施肥。

第四，"硫酸、碳铵"反应法应注意以下 4 点。①要防止氨气中毒。硫酸氢铵易挥发产生氨气，因此碳酸氢铵不得在温室中储存、称量和分包。②要防止硫酸挥发引起酸中毒。硫酸的一次用量不要过多，盛酸桶在加入碳铵反应前要加盖密封，浓硫酸稀释也不要在温室内进行。③反应液做追肥前要检查反应是否彻底。检查方法是用纸包少量碳铵投入桶底，如无气泡冒出，表明反应彻底。④施用二氧化碳不要突然停止。计划终止使用二氧化碳的，应提前开始逐日减少施用浓度，直到停止，否则茄子易出现早衰现象。

142. 新建日光温室如何改良土壤

新建的日光温室属于"生茬地"，土壤中肥料等养分虽然较少，但是其中的病原物和有害物质也较少，种植不抗重茬的蔬菜有优势。新建的日光温室也有劣势，就是土壤瘠薄，有机质含量低，肥力低，如何消除新建日光温室的劣势是生产的重点。

（1）改土　新建日光温室推土机等机械作业时，土壤原有的耕作层也就是我们说的"熟土"基本上被推成了后墙，温室内的土壤都是原有耕作层以下的土壤，也就是"生土"。如何进行改土是茄子高产的关键。根据土壤质地，可采用相应的措施改良。如果条件允许，可以适当地改良土壤组成，黏质的土壤，适当掺入砂土等；沙土则应掺入黏土，以改善土质。

（2）增肥　刚建好的日光温室土壤中有机质、氮、磷、钾等营养元素较少，在第一年要加大肥料的使用量，提高土壤肥力。大量施用粪肥等有机肥，但必须经过充分腐熟，均匀撒施后翻耕。

鸡、鸭等家禽粪肥养分含量高，每亩可施用 $15m^3$；牛、马等家畜粪肥养分含量低，但其中有机质含量高，对于改良土壤效果良好，每亩可施用 $25m^3$。为了提高新建日光温室土壤中有机质的含量，改良土壤，施用腐熟秸秆是一个很好的方法。将收获的玉米、小麦等的秸秆切短至 $5\sim10cm$，浸透，加入秸秆重量 3%～5%的尿素或相当数量的其他氮肥，然后加入专用的发酵菌种发酵。在 1 个月后完全发酵的秸秆就成为了优质的有机肥。尤其对于黏质土壤来说，使用充分腐熟的鸡粪、牛粪等禽畜粪肥和秸秆改土效果非常好。另外，粪肥含氮量较高，在翻耕土壤时应配合施用化学肥料，每亩使用高磷高钾的复合肥 $80\sim100kg$，并视当地情况适量施入微肥。

（3）深翻　建棚过程中，推土机等机械和人工的碾压使土壤变硬变板，严重破坏了土壤原有的结构。通过深翻土壤，增施有机肥，可以较好地疏松改良土壤，利于茄子根系的生长。撒好肥料后，翻耕土壤时最好不用旋耕机、犁等农具，尤其是旋耕机，其翻耕土层深度不够。人工用铁锨翻两锨的深度，使翻深达到 $40\sim50cm$，将施入的肥料深翻均匀。

（4）多施生物菌肥　因为是"生土"，土壤中的有害菌少，但有益菌同样缺乏。通过使用生物菌肥，可以快速地补充土壤中的有益菌，使其成为优势群落，促进茄子根系的健壮。新建日光温室施用生物菌肥的用量较大，最好普施与穴施结合。在翻耕土壤之前，将部分生物菌肥随粪肥等一起撒到温室内，深翻。定植时，在定植穴内撒上部分菌肥，可起到很好的作用。生物菌肥种类较多，新建日光温室解磷解钾菌不需要施用，施用的应该是含毛壳菌、放线菌等的生物菌肥。

以上的几种措施是相辅相成的，通过这几种措施的综合应用，可使新棚的劣势得到弥补，加上新棚本身的优势，必将取得更高的收益。

143. 日光温室土壤积盐的原因和改良措施是什么

日光温室茄子生长期长，需肥量较大，菜农为争取高产，盲目增施化肥，经过多年的化肥积累，往往导致积盐的发生。

化肥施入土壤以后，一部分被茄子吸收，一般利用率在20%左右，大部分随水流失或被土壤固定，这部分总施肥量的80%左右。据研究，随水冲施尿素3天以后，1m以下的土壤水分含氮量增加80%以上，也就说明大部分尿素已经流失。被土壤固定的部分易生或盐酸盐结晶物，被化肥污染的地下水矿物度高，易产生返盐现象。

被土壤固定的盐和地下水上行导致的返盐，造成了土壤的积盐现象，具体表现为，地表出现白色的结晶物，特别在土层干旱和日光温室休闲期易发生。个别严重的地块出现青霉和红霉，应视为磷、钾过剩所滋生的微生物，据此可判定土壤积盐的状况。

改良措施：①以水洗盐。日光温室蔬菜收获后，利用休闲期深耕整平，做成大畦后放大水浇灌1~2次，也可在6~9月将棚膜揭掉，让雨季的自然降雨充分淋溶土壤，降低土壤耕层盐分浓度。②种植吸盐作物。利用休闲阶段，种植苜蓿、绿豆、大豆或玉米，为不误下茬蔬菜种植，可作为牲畜的青饲料及时拔除。③增施有机肥料。每亩可增施牛马粪若干立方米，也可把作物秸秆铡碎撒施深翻于土壤中，以每亩施用1000~1500kg为宜，如果施用草炭或稻壳、麦壳10m³以上，效果更好，可配合基施优质猪肥或鸡粪10m³以上。注意有机肥在施用前一定要腐熟。④冲酸压碱。如果测试pH超过7.5以上，每亩土壤随水冲施醋酸溶液（食醋）10kg左右，也可随水冲施磷酸铜2~3kg。

以上改良盐渍化土壤的措施，要因地制宜，可根据实际情况分别实施，也可综合运用。

 144. 日光温室地表土结皮、不渗水的原因有哪些？如何预防

这种情况多出现在种植多年的或者使用推土机新建造的茄子日光温室，土壤团粒结构往往会遭到严重破坏。主要表现为：土壤表层形成片块状、土壤黏重、透气性差、渗水慢。

（1）发生原因　①过量使用化肥。科学合理的使用化肥能提高茄子产量，改善品质；但过量使用，不仅不利于改善茄子品质，而且还破坏土壤的团粒结构造成土壤板结，使土壤表层形成板状、块状结皮，影响土壤的通透性、透水性、渗水缓慢；有时造成日光温室土壤发生多次生盐渍化。这种情况多出现在种植多年的老龄温室。②使用推土机筑墙体的新建日光温室，推土机把熟土层（即耕层）推到墙体上，而留下的耕作土壤为原来的生土层，土壤中有机质含量较低，土壤多为柱状或块状结构，而团粒结构含量很少，土壤非常黏重，通气、透水性极差，不利于茄子根系的生长发育；土壤缓冲能力弱，易造成盐分积累，发生次生盐渍化。③优质有机肥投入量少，改良土壤、培肥地力的土壤有机质含量不高，更新缓慢所致。④大水漫灌或沟灌，破坏了灌溉行土壤团粒结构，土壤板结，通气、透水性能变坏。⑤茄子定植后，栽培管理期间，操作行土壤被踩压、踏实，也是造成土壤板结的重要原因之一。

（2）解决方法　①增施有机质含量高的有机肥料。有机肥料的使用应当切实注意有机质的含量问题，因为只有高有机质含量的有机肥料，才具有培肥地力、改良土壤的效果，而含氮量高矿化程度高的有机肥料改良土壤效果不十分明显；如鸡粪，含氮量较高，矿化程度高，在土壤中分解较快，培肥地力、改良土壤的效果较差。②实行秸秆还田。麦穰、麦糠、粉碎的玉米秸等，都是目前较好的有机肥资源，其有机质含量高，改土效果非常明显。一般在作物定植前 20～30 天，每亩使用 1000kg 左右的秸秆、灌足水、盖上地膜、盖严日光温室薄膜、闷棚，既具有良好的改良土壤的效果，又有效地消除日光温室土壤的次生盐渍化。③使用松土精。松土精是英国汽巴净化水处理有限公司采用国际尖端科学技术生产的高科技、高效土壤改良剂。它能有效增加土壤团粒结构，消除土壤板结；使土壤渗水、保肥、保水能力大大增强；提高土壤的通气性，促进土壤有益微生物的生长发育，提高肥料利用率，减少土传病害的发生，茄子根系粗大，增产效果明显，冬春低温季节表现尤为突出。据测定，每亩使用 500～1000g，改良效果明显。可作基施肥、冲施肥施用。

145. 日光温室土壤恶化有哪些表现？如何治理

（1）表现及原因 ①土壤板结，有机质匮乏。大量施用化肥，忽视有机肥的施用，致使土壤肥力衰退，有机质匮乏。由于透气性降低，好氧性微生物活性下降，土壤熟化慢，造成土壤板结、茄子根系发育不良，影响茄子生长。②土壤盐渍化程度加重。过量施用化肥后，土壤中盐离子增多，pH值升高。使土壤盐渍化加重，妨碍茄子根系正常吸水，影响植株生长。③微量元素缺乏。日光温室茄子多为多年连作，不断吸收土壤中的锌、硼、钼、铜、锰等微量元素，致使土壤中微量元素日渐减少，因此严重缺少微量元素，影响茄子的生长发育。再者，由于微量元素的使用不合理，造成即便使用了一些微量元素，但仍表现出缺素症的情况。④熟土层变浅。茄子多实行多茬口连作，耕地较浅，导致耕作层逐年变浅。⑤病虫害积累。连作使病菌虫害在土壤中积累，危害加重，根系受害，甚至全株枯死。由于病虫害严重、农药使用量增加，造成土壤和蔬菜污染。

（2）治理方法：①轮作换茬。与其他类蔬菜轮作，可减少病虫害基数，减少病虫害发生，减轻毒素的毒害作用。②增施有机肥或生物菌肥。施用有机肥或生物菌肥，如优质圈肥、酵素菌类生物肥、芽胞杆菌类生物肥等，改善土壤团粒结构、增强土壤透气性和保水保肥蓄热能力，使土壤疏松肥沃，缓解土壤盐渍化，促进茄子根系发育，提高其抗病抗逆能力。若土壤板结时，也可用免深耕喷洒土壤。免深耕的具体使用方法：在土壤充分湿润的情况下，一般土壤每亩用免深耕200g兑水100kg，喷雾，直接施于土表。③施用微肥。可作底肥或根外追肥，以补充土壤中含量不足，作基肥每亩施硫酸锌 $1\sim1.5kg$、硼砂 $0.3\sim0.5kg$、钼酸铵 $0.1\sim0.2kg$、硫酸铜 $1\sim2kg$、硫酸锰 $2\sim3kg$。根外追肥硫酸锌可用 $0.05\%\sim0.2\%$ 浓度，硼砂可用 $0.1\%\sim0.25\%$ 浓度，钼酸铵可用 $0.02\%\sim0.05\%$ 浓度，硫酸锰可用 $0.1\%\sim0.2\%$ 浓度。④深翻土地。在每茬茄子种植时利用间隔时间进行深翻土壤，加厚熟土层，增强土壤蓄水保肥能力。以深翻 30～50cm 为宜。

146. 日光温室改良土壤、培肥地力的措施有哪些

（1）增施有机肥料　每亩施用有机肥 15m³ 以上。有机肥指肥力较高的鸡粪、猪圈肥、人畜粪肥，有机肥要利用高温季节堆沤发酵 3 个月左右，达到充分腐熟。作物秸秆每立方可用 2kg 碳铵，堆沤进行氨化处理数周（用薄膜覆盖、洒水、堆沤），温室内普遍撒施 1000kg 以上，然后深翻于地下。

（2）其他肥料配合基施　每亩温室撒施 120～160kg 煮熟的大豆或豆饼、硫酸钾复合肥 80～100kg、磷酸二铵 30kg、尿素 40kg、生物有机肥（EM 菌，或 CM 菌，或毛壳菌、激抗菌、酵母菌等）60～120kg，均匀撒施于地面。并适当施用钙、镁、硫、铁、铜、硼、锌、钼、锰等中量、微量元素。

（3）深耕细作，精细整地　普遍深耕 30～40cm，旋耕机一般达不到该深度，可利用人工深翻，最低不得少于 30cm。均匀整地，达到土肥合一。

（4）灌水及高温闷棚　整畦后，顺畦灌水，达到浇匀浇透。新日光温室在没有覆盖薄膜的情况下，可用薄膜覆盖地面，高温闷棚 10～20 天，地表温度达到 60℃以上为好，该温度可杀灭土壤表层的微生物和害虫虫卵，又能使有机肥进一步发酵腐熟。高温闷棚揭膜以后，以地面出现菌丝为最好，然后起垄或整畦进行移栽。采用高温闷棚措施，生物肥或生物菌原液不能基施，可在起垄或整畦时施用，也可在移栽时沟施或穴施或冲施。

（5）深耕及配套措施　每隔一年，深翻地一次，深度一般要求达到 30cm 以上，可结合休闲期种植苜蓿、绿豆等豆科作物，实行压青改土，培肥地力。实施轮作换茬，最好茄子与其他类作物轮作。根据土壤酸碱度情况，及时采取措施调节。茄子种植一年以上的日光温室，应进行一次土壤消毒处理，以杀灭土壤中的害虫和病原菌。

如何用石灰氮进行土壤消毒？消毒后为什么要配合施用有机肥、生物肥

（1）石灰氮消毒方法　①时间。选在作物收获，田园清洁后进行，一般为6～9月份，此时距离下茬作物种植有2～4个月，正是夏秋季节温度高、光照好的有利时机。②撒施有机物。每亩施用稻草、麦草或玉米秸秆（最好铡切为4～6cm的小段，以利耕翻整地）等有机物1500～2000kg或未腐熟鸡粪2000～3000kg。石灰氮80～100kg，均匀混合后撒施于土层表面。③深翻混匀。用人工或旋耕机将撒施于土层表面的有机物和石灰氮均匀深翻于土中，深翻以30cm以上为好，应尽量使石灰氮与土壤的接触面积大。④起垄做畦。垄高25cm，宽30cm为宜，整平后做成宽1.8m的畦（一个棚间距做2个畦），也可以按定植行距起垄。⑤密封地面。用透明薄膜将土地表面完全覆盖封严（立柱根用土或砖块压严）。⑥膜下灌水。从薄膜下灌水，直至畦面灌足湿透土层为止。⑦密封温室。修理好温室薄膜破损处，将温室完全封闭。利用日光加温，20～30cm土层温度可达50℃左右，地表温度可达70℃以上，持续15～20天，即可有效杀灭土壤中的真菌、细菌、根结线虫等有害微生物。⑧揭膜晾晒。消毒完成后，翻耕畦面，3天以后方可播种定植作物（定植前可移栽少量秧苗试验）。

（2）注意事项　消毒要做到"三严、三足、一不得"。"三严"：一是石灰氮要撒严，必须全棚地面全部撒严，不留死角；二是地面封严防漏气，有利于提高处理效果；三是棚膜封严，尽量提高棚温和土壤温度。"三足"：一是灌水要足；二是封棚时间要足；三是揭膜晾晒时间要足，晾晒不足会影响秧苗生长。"一不得"：在作业前后24h内不得饮用任何含酒精的饮料，以防气体中毒。

（3）增施菌肥　采用石灰氮结合高温闷棚进行日光温室土壤消毒，在杀灭土壤有害土传病原微生物如立枯丝核菌、疫霉菌、腐霉菌、青枯菌、枯萎菌、根结线虫等进行有效的杀灭，同时也把土壤中有益的微生物如固氮菌、解磷钾的硅酸盐菌、放线菌芽胞杆菌等杀灭。未经腐熟的畜禽粪肥、人粪尿和作物秸秆有机物都含有有害病原菌，因此，所有有机肥应在日光温室土壤消毒前一起使用到日光温室中，与土壤同时进行消毒。消毒后，尽量不再基施未经腐熟的有机肥，以防重新传入有害微生物，造成前功尽弃。

　　经石灰氮消毒后，土壤中的有益微生物菌已被杀灭，如何尽快培育有益微生物菌群，是蔬菜生长发育所必需的，主要有以下2项措施：①定植前，顺栽培行沟施EM菌肥或CM菌肥。或酵素菌肥（施用正规厂家生产的）100～150kg，施后小水顺沟浇灌或隔行浇水一次。②定植前，随水冲施微生物菌原液每亩2kg；定植后冲施微生物菌原液2～3次，每隔10天1次，每次每亩2kg左右。也可以两种方法结合施用。注意在施用微生物菌肥以后，不再使用杀菌剂土壤消毒或灌根，植株无病害症状时少喷施化学杀菌剂。

五、病虫害防治

148. 如何识别与防治茄子猝倒病

（1）症状　茄子在幼苗期容易得猝倒病。幼苗感染猝倒病后，幼苗的下胚轴会出现水浸状病斑，当病斑扩大到基部时，幼苗基部缩小，输导组织被破坏，导致幼苗倒伏。连续阴天后突然转晴，由于幼苗生长弱，抗病力又差，就会出现成片幼苗感病倒伏死亡现象。在病苗及其附近床面上常出现白色棉絮状菌丝，这种病原属于真菌中的一种腐霉菌，腐生性强，在土壤中能够长期存活。高湿是病菌繁殖的有利条件，病菌在保护地中主要靠浇水传播。

（2）防治方法　①采用快速育苗或无土育苗法，加强苗床管理，看苗适时适量放风，避免低温高湿条件出现，不要在阴雨天浇水。②苗期喷施 0.1%～0.2%磷酸二氢钾、0.05%～0.1%氯化钙等提高抗病力。③药剂防治。每平方米苗床可选用 70%多菌灵 9～10g，加细土 4.0～4.5kg 拌匀，播前一次浇透底水，待水渗下后，取 1/3 药土撒在畦面上，把催好芽的种子播上，再把余下的 2/3 药土覆盖在上面，即下垫上覆使种子夹在药土中间，防病效果 90%以上，药效期较长。或在发病前或发病初期用 72.2%普力克水剂 400 倍液喷淋，每平方米喷淋对好的药液 2～3L。此外，也可在整畦后用 35%威百亩（甲基二硫代氨基甲酸钠）水剂每亩 10～20kg，兑水 800～1000kg，在播种前 15 天，先在苗床开沟，沟深 15～25cm，间距 25～30cm，将稀释的药液均匀浅施沟内，随即盖土踏实，15 天后翻耕透气，再播种。④如未进行苗床土壤处理、出苗后发病的，可喷 75%百菌清可湿性粉剂 600 倍液，或 64%杀毒矾可湿性粉剂 500 倍液，隔 7～10 天 1 次，视病情防治 1～2 次。

149. 如何识别和防治茄子黄萎病和枯萎病

（1）**症状识别** 茄子黄萎病的苗期发病少，成株多在坐果后开始出现症状，以结果初期发病最盛。多由植株下、中部开始出现症状，而后向上或从一边向全株发展。叶片最初在叶缘及叶脉间由褐绿变黄，后发展至半边叶片或整片叶片变黄，早期病叶晴天高温时呈萎蔫状，早晚尚可恢复，后期病叶由黄变褐，最后干枯脱落。劈开病根、茎、分枝及叶柄等部位，可见其维管束变黑褐色。

茄子枯萎病多发生在成株期，在温度达25～28℃土壤潮湿时，极利于发病，病株叶片自下向上逐渐变黄枯萎，病症多表现在一层、二层分枝上，有时同一叶片仅半边变黄另一半健全如常。病情严重时，整株叶片枯黄，横切病茎、病部维管束呈黑褐色。

（2）**防治措施** ①农业防治。一是培育无病壮苗。苗床换新土或用绿亨1号（恶霉灵）1000倍液拌种或用0.20%的福美双拌种。二是加强田间管理。适时精细定植茄苗，定植时药带土移栽，前期控制浇水，加强中耕。高畦铺地膜，提高低温和土壤通透性。底肥施足有机肥，苗期施足磷肥，结果期增施钾肥和氮肥，采摘后及时追肥及叶面喷肥。②药剂防治。发病初期及时用绿亨1号3000倍液灌根，每株100ml，用绿亨2号（多·福·锌）600～800倍液叶面喷施或用绿亨7号（77%氢氧化铜可湿性粉剂）600～800倍液叶面肥喷施，7～10天1次，连喷2～3次。严重病株要拔除。③嫁接防病。用托鲁巴姆、毛粉802等材料作砧木，防病效果好。

150. 如何识别和防治茄子褐纹病

见书前彩图5-1。

（1）**发病症状** 从苗期到果实成熟期均可受害。幼苗感病后，多在近地面茎基部产生褐色到黑色棱形或椭圆形病斑，稍凹陷收缩，当病斑环绕茎周时，病部缢缩，幼苗猝倒死亡，大苗则形成立枯。成株期感病，叶片形成白色小斑点，以后逐渐扩大为不规则病斑，边缘深褐色，中间浅黄色，其上着生许多小黑点，呈轮纹状排列或散生。茎部受感染出现溃疡病斑，病斑边缘深褐色，中央灰白色，上面密生小黑点，以后病部凹陷，干腐，皮层脱落，木质部外露，易被风吹折断枯死。果实感病，最初在表面形成褐色病斑，呈圆形或椭圆形，稍凹陷，后扩大到全果，病部由小黑点组成明显的轮纹，病果最后软腐脱落，或干腐而成为僵果。

（2）防治方法　①进行种子消毒。种子应进行消毒处理，方法是用 55℃的温水浸种 15min 或 50℃的温水浸种 30min，或用福尔马林 300 倍液浸种 15min，以清水洗净后晾干播种。②苗床药剂消毒。宜选择在新苗床育苗，棚室床土可进行客土更换，并进行土壤消毒处理。每平方米用 50％多菌灵可湿性粉剂 10g，与 20kg 干细土均匀拌和，播种时一半药土铺底，一半药土盖种。③加强栽培管理。精心管理苗床，培育壮苗移栽，提高其抗病能力；实行起垄栽培，施足底肥；氮、磷、钾配合施用；雨季及时清沟排水，防止田间积水，生育中后期实行小水勤灌，降低湿度；及时清除病叶、病果，防止再度侵染。④实施药剂防治。幼苗期喷药保护，发病初期喷药控制。一般 7 天左右喷 1 次，连喷 2～3 次。药剂选用 70％代森锰锌可湿性粉剂 500 倍液，或 50％克菌丹可湿性粉剂 500 倍液，或 65％代森锌可湿性粉剂 500 倍液，或 75％百菌清可湿性粉剂 600 倍液。此外，在定植后于茎基部周围地面撒一层草木灰，可减轻基部感染发病。

151. 如何识别和防治灰霉病

见书前彩图 5-2。

（1）症状　茄子苗期、成株期均可发生灰霉病。幼苗染病，子叶先端枯死，后扩展到幼茎，幼茎缢缩变细，常自病部折断枯死，真叶染病出现半圆至近圆形淡褐色轮纹斑，后期叶片或茎部均可长出灰霉，致病部腐烂。成株染病，叶缘处先形成水浸状大斑，后变褐，形成椭圆形或近圆形浅黄色轮纹斑，直径 5～10mm，密布灰色霉层，严重的大斑连片，致整叶干枯。茎秆、叶柄染病也可产生褐色病斑，湿度大时长出灰霉。果实染病，幼果果蒂周围局部先产生水浸状褐色病斑，扩大后呈暗褐色，凹陷腐烂，表面产生不规则轮状灰色霉状物，失去食用价值。

（2）防治方法 ①采用生态防治，及时通风降湿，使温室远离发病条件；②生育期每半月施用一次10％速克灵烟剂，每亩每次250g，或5％百菌清粉尘剂，每亩每次1kg；③发病初期喷洒50％腐霉利可湿性粉剂1500～2000倍液，或36％甲基硫菌灵悬浮剂500倍液；④茄子蘸花时，也可在生长刺激素中加入0.1％的50％速克灵可湿性粉剂。

152. 如何识别和防治早疫病

见书前彩图5-3。

（1）为害症状 病斑圆形或近圆形，边缘褐色，中部灰白色，具同心轮纹，直径2～10mm。湿度大时，病部长出微细的灰黑色霉状物。后期病斑中部脆裂，严重的病叶早期脱落。

（2）防治方法 ①于发病初期喷撒5％百菌清粉尘剂，每亩每次1kg，隔9天1次，连续防治3～4次。②施用45％百菌清烟剂或10％腐霉利烟剂，每亩每次200～250g。③发病前开始喷洒50％异菌脲可湿性粉剂1000～1500倍液或75％百菌清可湿性粉剂600倍液、58％甲霜灵·锰锌可湿性粉剂500倍液、64％杀毒矾可湿性粉剂500倍液、40％百菌清可湿性粉剂160～185g/亩、70％安泰生可湿性粉剂（丙森锌）125～185g/亩、78％波·锰锌可湿性粉剂140～170g/亩、50％代森锰锌可湿性粉剂245～315g/亩。上述保护剂对早疫病防效高低的关键，在于用药的迟早。凡掌握在发病前看不见病斑即开始喷药预防的，防效70％以上；发病后用药虽有一定抑制作用，但不理想。因此，强调在发病前开始防治，压低前期菌源，把病情控制在经济为害指标以下。此外，77％可杀得（氢氧化铜）可湿性粉剂600倍液的治疗效果较好。

153. 茄子"烂茄"是何病所为？如何识别与防治

"烂茄"是菜农对灰霉病、绵疫病、菌核病的统称。在冬春季节，日光温室茄子烂茄以灰霉病为主，菌核病为辅，两者常交叉发生。主要症状为该病主要危害小果和青果，也可危害叶片。果实受害一般先侵染残留的花丝、花托，然后向果实和果柄发展，从而致使果皮变成灰白色软腐，发病后期在果柄处长出大量灰白色霉层，以后果实失水僵化。但发病条件多以低温多湿为适宜，最适温度为23℃，最适相对湿度为95%，冬春日光温室低温、光照不足或一周以上连续阴雨天气，有利于"烂茄"的发生和蔓延。

（1）防治原则　对"烂茄"的防治，应以防为主，综合防治；以农业防治为主，化学防治为辅。做到早防、早治、根治。

（2）农业防治　①开沟排水，避免田间积水，一般不干不灌水，必要时穴灌或灌跑马水。地势较低的田块更要做好排水管理。②覆草压水。在空气相对湿度超过90%的温室，栽培行间覆盖5cm以上的稻草或其他作物秸秆，有效抑制水分的上升，减少空气湿度。③适当延长放风时间。白天平均气温高于15℃时，可以提早开棚时间，延迟关棚时间。放风时间可以提早到早上9时，关棚时间可以推迟到下午4时。这样可以通过延长通风时间，有利于排湿。但同时也要注意茄子的生长情况。④整枝、打叶、摘除烂果。一般情况下，摘除"门茄"以下全部侧枝及叶片。其他叶片以不相互遮阳为原则进行及时充分摘叶，加强植间通风，减少病害发生。及时摘除烂果，安全处理烂果。对摘除的叶片与烂果应做到远离茄棚、远离灌溉水，集中焚烧或深埋，杜绝病菌再次侵染。有条件的菜农，可在日光温室设置生石灰消毒带，可有效地防止带病入棚。另外，据生产实践，摘除幼果残苗花瓣及柱头，防效可达80%以上。

（3）化学防治　灰霉病菌极易产生抗药性。药物应选用高效、低毒、低残留、高选择性的药物，并做到交替使用，严格按照浓度施药，全育期控制同一农药使用次数，保证无公害蔬菜生产。①药液蘸花：在配制防落素或2，4-D蘸花液中加入0.1%速克灵或扑海因可湿性粉剂，然后蘸花，对有效地防止灰霉病的发生。②药剂防治：发病初期可选用50%速克灵、50%扑海因、65%万霉灵

（乙霉威）任一种与百菌清，配制成 1000 倍液喷雾，7～10 天一次，连用 3～4 次。同时，要注意交替使用。③烟剂熏蒸或粉尘施药：如遇低温连雨天气，避免药剂喷洒增加棚内湿度，加重病害发生，可在发病期用 10％速克灵烟剂，每亩用药 250～300g 于傍晚闭棚熏蒸，也可用 10％灰霉灵粉尘剂，每亩用药 1kg，每 5～7 天施 1 次，连施 2～3 次。

154. 如何识别和防治茄子叶霉病

茄子叶霉病也叫茄子绒菌斑病，在我国北方地区呈加重的趋势，甚至成为某些地区的主要病害，造成重大损失，减产达 30％～40％，应引起广大菜农的密切关注。

（1）病症　茄子叶霉病的症状与番茄叶霉病比较相似，病菌主要危害叶片。发病初，在叶背生白色霉斑，随霉斑的扩大，色渐深，先为褐色，后变为棕黑色、黑色，霉层有聚集的情况，叶边缘变黄。在叶正面出现边缘不明显的黄色病斑，病斑大小不等，直径 3～10mm，不规则形至近圆形。严重时在叶正面也会生霉层。后期病斑处枯死，发生严重时，叶片干枯。该病由褐孢霉引起，病原属于半知菌亚门，丛梗孢目真菌。

（2）防治　在发病初期喷药防治，可用的药剂包括：47％加瑞农（春雷霉素·王铜）可湿性粉剂 600 倍液，或 65％万霉灵 1000 倍液；或用 45％百菌清烟剂，每亩 250g 熏烟，每 5～6 天用药一次。还可用 47％加瑞农可湿性粉剂 500 倍液，或 1：1 的甲基托布津加异菌脲 500 倍液喷雾。在发现病害较晚时，可先进行高温闷棚再进行药剂防治，效果会更好，闷棚的温度为 44～46℃，保持 1～2h 即可。打药及浇水安排在晴天的上午，下午注意排风放湿。一般用药 3～4 次即可取得良好的防治效果。

155. 如何识别和防治菌核病

见书前彩图 5-4。

（1）症状　苗期染病茎基部初呈水渍状浅褐色斑，后变棕褐色，迅速绕茎一周。湿度大时长出白色棉絮状菌丝或软腐，但不产生臭味，干燥后呈灰白色，病苗呈立枯状死亡。成株染病主要发生距地面 5～22cm 茎处或茎的分杈处，开始产生水渍状浅褐色不规则病斑，病斑绕茎 1 周后向上、下扩展。湿度大时，病部表面生有白色棉絮状菌丝，后茎部皮层霉烂，髓部解体成碎屑，病茎表面或髓部形成黑色菌核，菌核鼠粪状，圆形或不规则形。干燥时，植株表皮破裂，纤维束外露似麻状，个别出现长 4～13cm 灰褐色轮纹斑。花、叶、果柄染病呈水渍状软腐，致使叶片脱落。果实染病，果面先变褐色，呈水渍状腐烂，逐渐向全果扩展，有的先从脐部开始，向果蒂部扩展至整果腐烂，表面长出白色菌丝体，后形成黑色不规则菌核。

注意日光温室茄子生产中，此病主要危害茄子茎部，病茎表面产生褐色病斑，上有轮纹，有白色棉絮状菌丝体，纵剖茎部，内有黑色不定形状的菌核。发病严重的植株，茎秆组织腐朽，茎内中空。在茎面产生黑色菌核，易脱落。

（2）防治措施　①轮作倒茬。病菌主要以菌核遗留在土壤中或混杂在种子中越冬或越夏。菌核在土中可存活 1～3 年。当温湿度适宜时，菌核萌发产生子囊盘和子囊孢子，随风雨进行传播蔓延。在有条件的地区实行 1～2 年的轮作。亦可在前茬收获后进行一次深翻地，使菌核不能萌发。②选用无病种子，做好种子消毒。可在浸种前先将种子进行 4～6h 的晾晒，如种子中混杂有菌核和病株残屑，在播种前可用 8％的盐水选种，去除上浮的菌核和杂物，选后的种子一定用清水洗几次后才能播种，以免影响发芽。③切断最初传播途径。在未发病的日光温室，不要从病区日光温室移植幼苗，防止菌核随育苗土传播。还有进行农事操作时，要避免通过人为传播，采出的病残体要严格深埋销毁，禁止随地乱扔。④改变病菌发生条件。有利于菌核萌发的温度在 15℃左右，相对湿度 85％以上，因此，田间或室内注意防止温度偏低，湿度过高，并适时灌水、追肥、中耕除草等减少菌核病的传播蔓延。发现病株及时拔除，集中处理，防止菌核落入土中。进行中耕，可以破坏子囊盘的产生，并将其埋入土中，减少子囊孢子的传播。⑤药剂防治。发病前，可选用 68.75％的（杜邦）易保水分散粒剂、37.5％的（杜邦）泉程（氢氧化铜）悬浮剂等喷洒茄子植株（喷洒该类保护性药剂就犹如给茄子套上了一层保护性膜袋），能够起到很好的保护作用。发病初期，可选用 40％菌核净可湿性粉剂 800～1500 倍液，或 50％腐霉利可湿性粉剂 1500 倍液，或 50％多菌灵可湿性粉剂 500 倍液，或 50％异菌脲可湿性粉剂 800 倍液。植株茎基部及地面应喷洒药液保护，隔 5～7 天一次，连续防治 3～4 次。

156. 如何识别和防治茄子绵疫病

见书前彩图 5-5。

（1）症状识别　主要危害果实，近地面果实先发病，初为水渍状圆斑，后扩大至整个果实。病斑稍凹陷，黄褐色或暗褐色，果肉黑褐色，腐烂，易脱落。湿度大时，病部表面长出茂密的白色棉絮状菌丝，病果易蒂落或收缩而成僵果。也可危害叶、茎、花，嫩茎染病，形成水渍状、暗绿色或紫褐色病斑，缢缩或折断。湿度大时生稀疏白霉，其上部叶片萎垂。叶受害产生不规则或近圆形水渍状褐色病斑，有明显轮纹。潮湿时，病斑上生稀疏白霉。幼苗被害，胚茎基部呈水渍状坏死，引起猝倒。

（2）防治方法　①地膜覆盖。采用黑色地膜覆盖地面或铺于行间，能够阻断土壤中病菌孢子对茄果的飞溅传播，从而起到较好的防病效果。还可以借日光进行高温灭菌及防止杂草生长。②药剂防治。茄子定植前以 50％克菌丹可湿性粉剂 500 倍液喷布苗床，使其带药定植缓苗后，以 70％代森锌可湿性粉剂 500 倍液喷洒保护，初始发病出现中心病株，应立即拔除销毁并喷药防治。在结果期要喷药保护，防止病害发生。有的农民在茄子结果后每隔 7 天喷一次 1∶1∶200（硫酸铜∶生石灰∶水）倍波尔多液进行防护，效果很好。一旦发病，必须立即施药。药剂有 75％百菌清 500～600 倍液、50％甲基托布津可湿性粉剂 800 倍液、40％乙磷铝可湿性粉剂 200 倍液、64％杀毒矾 500 倍液等，一般每隔 7～10 天喷 1 次，连喷 3～4 次，为防止形成抗药性每次用药宜采用不同种类药剂。

157. 如何正确辨别和防治绵疫病与菌核病

很多菜农反映：茄子上的菌核病和绵疫病很难区分。这两种病害都能危害茄子的果实、叶、茎、花器等部位，病部初呈水渍状，湿度大时，病部表面都能长出白色棉絮状菌丝。虽然两种病害非常相似，但是绵疫病属卵菌，菌核病属真菌，所以防治的药物是不相同的，因此正确区分它们，是治好病的前提。

首先，看侵染部位。菌核病多数是从茎基部染病，茎秆发病也较多，在果实上也有表现。而绵疫病主要侵染下部果实。茄子叶片感染绵疫病后，病斑有较明显的轮纹，而菌核病轮纹不明显。

其次，看菌核菌丝。绵疫病侵染植株后，病部会出现白色稀疏状菌丝，但无菌核出现。菌核病会出现浓密白色霉层，常有黑色菌核出现。绵疫病的白毛稀疏、稍长；菌核的霉毛短并且密集。

再次，看果实发病程度。果实感染绵疫病后，腐烂迅速、传染快，病果会很快落地，而菌核病烂果慢些，数量少，多不落地。

两种病害都是在高湿条件下易发病，浇水过大易引发流行，对于绵疫病的防治要注意控制浇水，后半夜要注意控制湿度。发病初用 72.2％霜霉威水剂 600 倍液，隔 7～10 天 1 次，防治 2～3 次。

预防菌核病应注意在使用有机肥时，要充分腐熟，避免粪肥带菌。日光温室田地要进行地膜覆盖，以防地面菌核子实体喷发孢子，引起病害大暴发。发病初期要立即喷药，可选用 50％异菌脲可湿性粉剂 1000 倍液。连续防治 2～3 次。

158. 如何用封锁法防治茄子由疫霉菌和腐霉菌引起的根腐病

由疫霉菌和腐霉菌引起的根腐病很难防治，并且传染性强，一旦发病，很快在棚内蔓延，有的甚至造成全棚茄子死亡。寿光市菜农曾用过多种杀菌药剂灌根治疗，其效果都不理想，且费钱、费工。后经多处试验后发现，用封锁法防止该病在棚内的蔓延效果较好，并且成本低、用功少。

（1）诊断病害　初发病时有个别的棵在白天中午萎蔫，夜间和早上恢复正常，几天或十几天后不能恢复而死亡。有的人在发病初期将病棵拔出，发现根上无明显异常，有的误认为是青枯病。其实这是在主根底部的毛细根上感病后，病菌进入木质部危害向上输水的维管束，阻碍了地下水向上运输，造成了上部叶片缺水而萎蔫。当拔起病株后底部毛细根断在地里，因此不易发现病症；在发病后期当拔起病株后，会发现有一个侧根患病后传到主茎根上，使主茎根上表皮呈水浸状，并向其他侧根蔓延，发展迅速。

（2）传播途径　该病借助浇水和毛细根的相互交叉及人为活动（如拔出的病株根部的土壤落在其他地方）而传播再侵染。

（3）封锁的方法　备生石灰一部分。一是南北向封锁。在发病棵两边大行走道的中间，南北向从棚的北边至南边，用直板铁锨垂直深插 25cm，再将锨推向一边，使地面裂开一条约宽 1cm 的缝，后在其中填满生石灰。形成一道深 25cm、宽 1cm 没有缝隙的生石灰隔墙，再在隔墙的上边地平面上撒一条宽 10cm、厚 1cm 的生石灰带。这样就在病棵的东西两侧形成了一道屏障，阻断了病菌向两边传播。为了保险，也可以在隔离墙的外面再打一道隔离墙，这样做并不是因为第一道隔离墙的效果差，实际上，是防止在打第一道隔离墙前病菌早已传出（这时没造成发病还看不出）。二是东西向封锁。在发病棵南北两边也同样打两条隔离墙，使东西隔离墙和南北隔离墙连接，防止病菌南北向传播。该病南北向传播快于东西向传播：一是因株距小，二是浇水为南北方向，因病菌随水流传播。因此要防止浇水时，水流过病棵处将病菌扩散，可将病棵改用水桶浇。三是地面封锁。将病棵拔出后放在容器内带出棚外深埋，防止病棵上的土散落在棚内其他地方。然后在病株的地表 1m 见方内撒上 0.5cm 厚的生石灰覆盖。

通过以上方法进行封锁，基本上控制了该病菌的进一步扩散蔓延，该法简单、易行、效果又好，各类茄子生产者不妨一试。

159. 如何识别和防治茄子黑枯病

（1）症状　可在茄子叶、茎、果实上发生，主要危害叶片。叶片上形成的病斑分小型病斑和大型病斑两种，病斑呈紫黑色为主要特征。小型病斑紫黑色，圆形或近圆形，直径为 0.5～1.0cm，周围为紫黑色，中间稍浅为浅褐色，有时从中部破裂。大型病斑直径常达 1.0cm 以上，也为紫黑色，中央颜色稍浅，这与茄子褐纹病形成的病斑相似，常常带有轮纹，但病斑上不形成黑色小点。发病重时一片叶上有许多病斑，常常造成早期落叶。病斑有时可在叶脉形成，条件适宜时长出灰褐色霉层。也可在叶片基部发生，导致整片叶枯死，而且茎上也能产生病斑。果梗病斑呈褐色，病部下凹或龟裂。果实发病较少，发病时在果实表面形成无数水疱状的小隆起，导致果实商品价值下降。

（2）防治方法　发病初期及时进行药剂防治，可选用 50％甲基硫菌灵可湿性粉剂 500 倍液，或 50％福美双可湿性粉剂 500 倍液，或 75％百菌清可湿性粉剂 600 倍液，或 25％腍鲜胺乳油 1500 倍液，隔 7～10 天喷药 1 次，连续防治 2～3 次。

160. 如何识别和防治茄子细菌性褐斑病

见书前彩图 5-6。

（1）危害症状　主要侵染叶片和花蕾，也可危害茎和果实。叶片染病多始于叶缘，初生 2～5mm 不规整形褐色小斑点，后逐渐扩大，融合成大病斑，严重时病叶卷曲，最后干枯脱落。花蕾染病，先在萼片上产生灰色斑，后扩展到整个花器或花梗，致花蕾干枯。嫩枝染病，由花梗扩展传来，病部变灰腐烂，致病部以上枝叶凋萎。果实染病始于脐部。

（2）防治方法　发病初期喷洒 72％农用硫酸链霉素可溶性粉剂 4000 倍液，或 30％绿得保（碱式硫酸铜）悬浮剂 400 倍液，或

77％可杀得（氢氧化铜）可湿性微粒粉剂 500 倍液，或 56％靠山（氧化亚铜）水分散微颗粒剂 600～800 倍液，或 47％加瑞农（春雷霉素·王铜）可湿性粉剂 800～1000 倍液，每亩喷兑好的药液 50～60kg，隔 7～10 天 1 次，连续防治 2～3 次。采收前 3 天停止用药。

161. 如何识别和判断茄子青枯病？生产上有哪些防治措施

（1）症状识别　茄子青枯病发病初期仅个别枝上一张或几张叶色变淡，呈现局部萎垂，后扩展到整株，后期病叶变褐枯焦，病茎外部变化不明显，如剖开病茎基部木质部变褐色。本病始于茎基部，后延伸到枝条，枝条的髓部大多溃烂或中空，病茎横切面用手挤压，湿度大时有少量乳白色黏液溢出，这是本病重要特征。

（2）判断方法　如果不能从症状上准确判断茄子患的是否是青枯病，可将茄子病茎切成 3～5cm 长的小段，然后放入备好的清水瓶中，大约半小时，如发现清水变浑浊，则证明茄子得了青枯病，否则不是。

（3）防治措施　①嫁接防病。用托鲁巴姆作砧木进行茄子嫁接栽培，防治青枯病效果较好。②药剂防治。发病前和发病初期及早施药防治。可用 72％农用硫酸链霉素可溶性粉剂 4000 倍液，或 77％可杀得（氢氧化铜）可湿性微粒粉剂 500 倍液，或 50％ DT（琥胶肥酸铜）可湿性粉剂 500 倍液，或 14％络氨铜水剂 300 倍液，每株灌兑好的药液 0.3～0.5kg，隔 10 天 1 次，共灌 3～4 次。

162. 如何识别和防治病毒病

见书前彩图 5-7、彩图 5-8。

（1）症状　茄子病毒病常见有 3 种症状，花叶型：整株发病，叶片黄绿相间，形成斑驳花叶，老叶产生圆形或不规则形暗绿色斑纹，心叶稍显黄色；坏死斑点型：病株上位叶片出现局部侵染性紫褐色坏死斑，大小0.5～1mm，有时呈轮点状坏死，叶面皱缩，呈高低不平萎缩状；大型轮点型：叶片产生由黄色小点组成的轮状斑点，有时轮点也坏死。

(2) 与茶黄螨和激素药害的区别　见书前彩图5-9。①病毒病，花叶植株矮化不明显，上部叶片出现退绿角斑与圆斑，因病斑扩展受叶脉限制多呈三角形，最后变为褐色。叶片上出现深绿和浅绿相间的块状斑或线纹。蕨叶生长点或腋叶都发展成细长小叶，小叶后来变细甚至没有叶肉，仅留叶脉，最后成螺旋形下卷，俗称"鸡爪叶"。条斑植株中下部叶片和果实上有灰白色、淡黄色坏死斑驳或不规则的条斑及条纹。②茶黄螨因其虫体很小，其症状常被误认为病毒病和激素药害。茶黄螨吸取叶液以后，叶片变硬、变脆，叶肉增厚，嫩梢扭曲畸形，而叶背呈现油质光泽或油浸状，变黄褐色或灰褐色。③激素药害是在使用激素过量后，生长点叶片向下卷曲，细长，叶缘扭曲畸形，但激素药害的叶背无油渍状，也不变黄褐色，叶片僵硬、增厚不明显，且一般是大面积同时发生。病毒病叶脉凸起不明显，叶片缺刻不规则，中脉两侧叶肉失去对称，而激素药害（如2,4-D中毒）叶脉明显增粗凸起，叶肉缺刻加深，并呈左右对称，中脉两侧的叶肉基本呈对称状。

(3) 防治方法　①选用耐病毒病的茄子品种。②用10%磷酸三钠浸种20～30min。③早期防蚜避蚜，减少传毒媒介。温室内悬挂银灰膜条或畦面铺盖灰色尼龙纱避蚜。④及时防治截形叶螨。⑤加强肥水管理，铲除田间杂草，提高寄主抗病力。⑥喷洒20%病毒A可湿性粉剂500倍液，或83-增抗剂100倍液，或抗毒剂1号水剂（菇类蛋白多糖）300倍液，或蜜肽霉素（宁南霉素）400倍液，隔10天左右1次，连续防治2～3次。

163. 茄子花上出现紫点是什么原因造成的？如何防治

近几年来，春季日光温室内茄子花上经常出现紫点的情况，其症状是：花瓣皱缩，花瓣上布有紫色的小点，而出现此类症状的茄子大部分果实会在长到中等果的长度时，整个果实停止生长，果实坚硬，用手捏时果皮坚硬，果肉不变软，剖开果实后，果肉中出现黑斑点或发现在果实的顶部出现褐色腐烂。严重的果皮颜色变浅，内部褐变。

根据其症状特点，分析该病应属病毒病，而不是细菌性软腐病、绵疫病或生理性病害，应按病毒病进行防治。

首先要防好害虫，杜绝传毒。大家都知道，害虫传毒是造成病毒病大发生的重要条件，因此一定要防好蚜虫、粉虱、叶蝉等刺吸式口器的传毒害虫，截断传染途径。可在日光温室上张挂黄色黏虫板诱杀成虫的同时，喷施阿维菌素 2000 倍液混加扑虱灵（异丙威噻嗪酮）1500 倍液进行防治。

其次是增强植株长势，提高抗病能力。长势健壮的植株具有抗病性，一般不容易感染病毒病，因此要从提高植株的抗病能力方面着手，控制病毒病的发生。在春季低温季节，气温低、地温低，可叶面喷洒核苷酸叶肥 500 倍液混加甲壳素 8000 倍液，也可喷用激抗菌 968 既补充茄子生长所需养分，又提高植株的抗病能力。

再次是避免高温干旱。高温干旱是病毒病发生的环境条件，春季应及时浇水，避免棚内过分干旱，也要适时通风降温，避免因棚温过高致使病毒病表现显症状态。

第四是喷施药剂，控制病毒病。可叶面喷病毒 A 500 倍液混加宁南霉素 300 倍液进行防治，也可用病毒 A 500 倍液混加植物生物平衡剂 500 倍液进行防治，5 天一次，连续喷洒 3～4 次。

164. 如何识别和防治茄子根结线虫病

见书前彩图 5-10。

（1）为害症状　主要侵染茄子根部，尤其支根受害多。根上形成很多近球状瘤状物，似念珠状相互连接，初表面白色，后变褐色或黑色，地上部表现萎缩或黄化，天气干燥时易萎蔫或枯萎。病原是爪哇根结线虫。线虫以成虫或卵在病组织里或以幼虫在土壤中越冬。病土和病肥是发病主要来源。该线虫发育适温 25～30℃，幼虫遇低温失去活动能力，48～60℃经5min致死，在土中存活1年，2年即全部死亡。由于根部被破坏，影响正常的吸收机能，所以地上部生长发育受阻，轻者症状不明显，重者生长缓慢，植株比较矮小，生育不良，结果小而且少。在中午气温较高时，地上部植株呈萎蔫状态；早晚气温较低或浇水充足时，暂时萎蔫又可恢复正常。随着病情的发展，植株逐渐枯死。

（2）防治方法　①采用嫁接技术。利用托鲁巴姆进行茄子嫁接栽培是防治茄子根结线虫最有效最成功的方法。②石灰氮消毒。参考"147. 如何用石灰氮进行土壤消毒？消毒后为什么要配合施用有机肥、生物肥"一问。③生物防治。定植前每平方米用1.8％阿维菌素乳油1ml，稀释2000～3000倍后，用喷雾器喷雾，然后用钉耙混土，该法对根结线虫有良好的效果。对生长期发病的植株，可用1.8％阿维菌素乳油4000～6000倍液根部穴浇，每株100～200ml。④化学防治。播种或定植前，进行土壤消毒，每亩撒施10％福气多（噻唑磷）颗粒剂3～5kg。棚室茄子定植时，每亩穴施10％福气多颗粒剂2～3kg，或用50％辛硫磷乳油1000倍液灌根。

165. 如何防治美洲斑潜蝇

（1）为害特点　幼虫以蛀食叶片上下表皮间的叶肉细胞为主，常在叶片上形成曲曲弯弯的蛇形隧道。隧道前端较细，随幼虫长大，后端隧道较粗。成虫的取食和产卵孔也造成一定危害，影响光合作用和营养物质的输导，同时传播病毒。

（2）防治方法　在幼虫化蛹高峰期后8～10天喷洒下列药剂防治：48％毒死蜱乳油1000倍液，或1.8％阿维菌素乳油1000倍液，或10％烟碱乳油1000倍液。

166. 如何防治白粉虱

（1）为害特点　成若虫群集叶背吸食汁液，被害叶片退绿变黄、萎蔫，甚至全株枯死，分泌蜜露诱发煤污病，还可传播病毒病。

（2）防治方法　①农业防治。根除虫源基地。冬季育苗要清除残株杂草，熏杀残余成虫，培育"无虫苗"。结合整枝打杈，摘除带虫老叶，带出田外处理。②物理防治。在白粉虱发生初期，将黄板涂机油等黏性剂置于保护地内，与植株高度齐平，诱杀成虫。③生物防治。可利用丽蚜小蜂（见书前彩图 5-11）、草蛉等控制白粉虱为害。④药剂防治。熏烟法。每亩用 22％敌敌畏烟剂 0.5kg，于傍晚将保护密闭熏杀成虫。或每亩用 80％敌敌畏乳油 0.3～0.4kg，加锯末适量，点燃（无明火）熏杀。喷雾法。虫害发生初期及早喷洒下列药剂予以防治：25％扑虱灵（异丙威-噻嗪酮）可湿性粉剂 1500 倍液，或 2.5％联苯菊酯乳油 3000 倍液，或 20％甲氰菊酯乳油 2000 倍液，或 0.3％苦参碱水剂 1500 倍液。喷药时注意先喷叶片正面，然后再喷叶背面。

167. 如何防治蓟马

（1）为害特点　成虫和若虫均以锉吸式口器危害心叶、嫩芽。被害叶形成许多细密而长形的灰白色斑纹，使叶子失去膨压而下垂，严重时扭曲、变黄、枯萎。蓟马还可传播植物病毒。

（2）防治方法　①农业防治。早春清除田间杂草和残株落叶、集中处理，压低越冬虫口密度。平时勤浇水、除草，可减轻危害。②药剂防治。防治葱蓟马可喷洒药剂：0.3％苦参碱水剂 1000 倍液；80％敌敌畏乳油 1500 倍液；50％辛硫磷乳油 1500 倍液；20％复方浏阳霉素乳油 1000 倍液。喷药时注意喷心叶及叶背等处。

（3）防治蓟马应注意喷药时间　生产中，很多菜农反映：蓟马难治，为害重。其实蓟马难治并不是药不对路，而是用药时间不适宜。蓟马具有趋花性，因而花前用药效果才好，若等到大量开花期再用药，蓟马躲在花里面，防治效果差。从开花前开始用药防治，可用阿维菌素、多杀菌素等药剂，后每次喷药都要混配阿维菌素，全面预防蓟马的发生为害。同时，蓟马还具有昼伏夜出的习性，选择白天上午用药，效果必然差；因而在防治上，还应改上午喷药为下午或傍晚喷药。

168. 如何防治二十八星瓢虫

（1）为害特点　以成、幼虫舔食叶肉，残留上表皮成网状，严重时食尽全叶。此外尚舔食茄果表面，受害部位变硬，带有苦味。

（2）防治方法　①农业防治。人工捕捉成虫。利用成虫的假死性，用盆承接，并叩打植株使之坠落，收集后杀灭。人工摘除卵块。雌成虫产卵集中成群，颜色艳丽，极易发现，易于摘除。②药剂防治。在幼虫分散前及时喷洒下列药剂：2.5％高效氟氯氰菊酯乳油 4000 倍液，或 50％辛硫磷乳油 1000 倍液。注意重点喷叶背面。

169. 如何防治茄子红蜘蛛

（1）为害特点　以成螨、幼螨和若螨群集中背吸食汁液，出现退绿斑点，逐渐变为灰白斑和红斑，严重时片枯焦脱落。

（2）防治方法　①农业防治。清除杂草及枯枝落叶，减少虫源。②药剂防治。加强虫情检查，控制在点片发生阶段，用药剂喷雾防治：1.8％阿维菌素乳油 1000 倍液，或 73％克螨特乳油 1200倍液。

170. 如何防治茶黄螨

见书前彩图 5-12。

（1）为害特点　食性极杂。成螨、幼螨集中在寄主幼嫩部位刺吸汁液，尤其是尚未展开的芽、叶和花器。被害叶片增厚、僵直、变小或变窄，叶背呈黄褐色、油渍状，叶缘向下卷曲。幼茎变褐。丛生或秃尖。花蕾畸形，果实变褐色，粗糙，无光泽，出现裂果，植株矮缩。

由于虫体较小，肉眼一般难以发现，为害症状又和病毒病或生理病害症状有些相似，生产上应注意识别。

病毒病发生在嫩叶，表现为小叶，叶皱缩；生理性病害引起落花、落果。但病毒病在干旱条件下发生，除了小叶外，多数病毒病在叶上会表现黄绿相间的斑驳；生理性病害一般与高温干旱有关，如缺素症、日灼。而在高温高湿的季节中就一定要注意茶黄螨。

茶黄螨危害茄子有 2 个显著特点：叶子叶背有油质光泽，发红发亮；果实裂开呈开花馒头状。

（2）防治方法　寿光菜农认为，防治茄子茶黄螨，要先搞清楚螨虫的特性。要想较好地防治螨虫，要分三步走。第一步：消除虫源。及时铲除棚内的杂草、清除枯枝烂叶，切断传染源。第二步：温差控螨。若棚内螨类危害较重，可通过调整棚内温度（人为制造温差）来防治螨类害虫繁衍。可把白天温度提高到 32～35℃，保持 2h 以上，夜间温度保持在 11～13℃，以此来抑制螨虫的繁衍。第三步：药剂防治。可选用 1.8％阿维菌素乳油 3000 倍液，或15％哒螨灵乳油 3000 倍液，或 20％速螨酮可湿性粉剂 3000 倍液，交替轮换使用，提高防效。但要注意，螨虫不仅具有趋嫩性，而且易集中在叶子背面，所以，喷药时叶背着药是重点。喷施杀螨剂时要上喷下翻，注重喷幼嫩部位，翻过喷头向上喷叶背。

171. 如何防治斜纹夜蛾

斜纹夜蛾是一种食性很杂，并具暴发性的害虫。

（1）危害症状　幼虫食叶、花蕾、花及果实，严重时可将茄子植株吃成光杆。

（2）防治方法　①诱杀成虫。结合防治其他菜虫，可采用黑光灯或糖醋盆等诱杀成虫。②及时摘除卵块筛网状被害叶片。③药剂防治。3 龄前为点片发生阶段，可结合田间管理，进行挑治，不必全田喷药。4 龄后夜出活动，因此施药应在傍晚前后进行。药剂可选用 2.5％高效氟氯氰菊酯乳油 5000 倍液、2.5％联苯菊酯（或20％甲氰菊酯乳油）3000 倍液、40％氰戊菊酯乳油 4000～6000 倍液等，10 天 1 次，连用 2～3 次。

172. 黏虫板诱虫应注意哪些问题

利用黏虫板诱捕害虫（见书前彩图 5-13），具有使用方法简单，成本低廉，且不污染环境的特点，是害虫综合治理技术中无害化手段之一。为了提高诱集效果，在使用上应注意以下几点。

（1）根据害虫特性选择不同颜色黏虫板　黏虫板的颜色诱集害虫时，要根据昆虫的趋色性决定使用黏虫板的颜色。如蚜虫、温室白粉虱等昆虫对黄色有极强的趋性，在使用中可用黄色黏虫板诱集；蓟马对蓝色趋性强，使用中可用蓝色黏虫板诱集。

（2）选择合适的悬挂高度　黏虫板的悬挂高度要考虑昆虫的飞行行为和交配习性，还要根据寄主种类和作物生长期，随时调整黏虫板的悬挂高度。一般设置高度与作物齐平或稍微高于作物顶部。如诱集温室白粉虱成虫时，以黏虫板高出植株顶端 10cm 诱虫效果好。

（3）选择合适的放置方式　黏虫板的放置方式应根据具体的目标害虫和寄主植物而定。如诱集银叶粉虱，以水平放置为最好；诱集烟粉虱成虫时，以平行行向放置效果好。

（4）选择合理的放置数量　黏虫板的设置数量要根据主要目标害虫来定黏虫板的数量，设置数量过大会浪费，过小会达不到预期的防效，数量一定要适宜。如防治温室白粉虱时，每亩设置 30～40 块黏虫板就可以。

173. 如何防治野蛞蝓（鼻涕虫）

野蛞蝓是有害软体动物，俗名无壳蜓蚰螺、鼻涕虫。在北方日光温室内危害逐年加重。

（1）为害特点　野蛞蝓以齿舌刮食幼芽、嫩叶、嫩茎，幼苗受害可造成缺苗断垄，严重时成片被毁；成株期叶片出现缺刻或孔洞，严重时仅残存叶脉，植株受其排泄的粪便污染，易诱发菌类侵染而导致腐烂，降低产量和质量。

（2）防治方法　①农业防治：日光温室内加强通风透光，清除田间杂草。也可用杂草、菜叶等在日光温室内做诱集堆。天亮前集中捕捉。②物理防治：揭开地膜，把石灰粉撒施在茄棵周围，待蛞蝓爬行到石灰上时，就会因脱水而死亡。为达到全面防治的目的，在拔除前脸处杂草和改善棚室潮湿环境的前提下，可用石灰粉对整个棚室四周及操作行进行全面撒施，防治效果不错。③药剂防治：茄子苗出苗或移栽后，一般在野蛞蝓发生初期，每亩用6%的四聚乙醛颗粒剂（6%密达颗粒剂）500g拌细干土15～20kg，于傍晚均匀撒在受害植株的行间垄上；也可采取条施或点施，药点间距40～50cm为宜，野蛞蝓接触药剂后死亡。在野蛞蝓大发生清晨未潜入土时，可用氨水100倍液或硫酸铜800～1000倍液喷洒防治。使用颗粒剂，在气温15～35℃和潮湿条件下为宜，施药后不要在田间行走，避免把颗粒剂踩入土壤中，露地用药后遇雨应补施，不宜与化肥、其他农药混用。

174. 为什么说冬季连阴天茄子用药要谨慎

大家都知道，冬季连阴天茄子用药时很容易发生药害，造成茄子黄叶、落花落果等不良现象。因此，提倡要避免在冬季连阴天用药，可在病情严重时又不得不用药。那么，如何在冬季连阴天合理用好药，使茄子免受药害之苦呢？寿光市菜农总结了以下几项措施。

（1）合理掌握好农药的施用时间　冬季连阴天用药，一般尽量采用粉剂和烟雾剂，以避免增加棚内的湿度。必须使用药液喷雾时，一定要掌握好农药的施用时间和施用量，以免出现药害。冬季连阴天喷药，一定要选在上午进行，以便喷药后有充分的通风排湿时间。

（2）防喷药后药不干　药害发生原因有三：高温、药浓、药不干。其中药不干在阴天时常遇上，阴天湿度大，喷药后药水在叶片上长时间不干会对叶子表面形成伤害，也会增加一些具内吸性药物的吸收量，因此阴雨天喷药要防因药不干而产生的药害，可改喷药为喷粉尘剂或熏烟雾剂。

（3）阴天熏棚须严防气害　连阴天放风时间短或根本无法放风，由于棚内空气不易更换，容易造成有害气体在棚内积累而不能及时地排出棚外，所以阴天条件下熏棚更容易产生气害。如有的茄子嫩叶叶边发白或叶片发黄；有的受气害后花蕾、幼果等容易脱落。而多数菜农误认为阴天熏棚是比较好的用药方式，殊不知如果熏棚后第二天天气不能转晴天或者依旧阴雪天气而不能放风的话，熏棚防病虫的药物作用时间过长会导致作物受害。阴天熏棚要看天气预报，如果连阴天熏棚就更要谨慎。

（4）连阴天突然转晴后不宜立即喷药　连阴天数天突然转晴后，茄子的叶面由于长时间光合作用不强，造成叶片薄、黄而嫩、纤维组织柔弱，这样很容易产生药害。应通风见光 2～3 天后再喷药，若茄子叶片有严重萎蔫现象要及时采用拉"花帘"的遮阳方式。或用温水喷雾缓解。若病害严重急于用药防治，可喷用粉尘剂，因粉尘剂不会增加棚内湿度，防病效果也不错，同时加强农事操作，做到综合防治。

（5）要注意分清症状，对症用药　连阴天常常导致冬季温室茄子多种病害、气害、肥害、药害、生理性病害等发生，菜农朋友实际生产中应注意区分，对症用药，否则无论什么情况都一味地按病害用药防治，反而加重了茄子的受害症状，影响了正常生产。

六、生 理 障 碍

175. 如何正确识别和防止茄子缺磷症

（1）症状　茎秆细长，纤维发达，花芽分化和结果期延长，叶片变小，颜色变深，叶脉发红。

（2）发生原因　土壤酸性大，磷被铁、镁固定，无法吸收，易发生缺磷症；有时地温低也会严重影响磷的吸收，温度低时也会缺磷；氮肥施用过多会阻碍茄子对磷的吸收。

（3）防治方法　缺磷土壤施用二铵和过磷酸钙等磷肥做基肥。在育苗期要注意施足磷肥。栽培过程中发现缺磷，叶面喷施 0.2%的磷酸二氢钾或 0.5%的过磷酸钙溶液。

176. 如何正确识别和防止茄子缺钾症

（1）症状　初期心叶变小，生长慢，叶色变淡，后期叶脉间失绿，出现黄白色斑块，叶尖叶缘干枯。

（2）发生原因　土壤中钾含量低，且含有钾的有机物及钾肥施用的少，容易造成缺钾症状；在生育盛期，果实发育需钾多，如果供钾不充足就容易发生缺钾症状；日照不足，温度低时易发生，地温低时茄子对钾吸收减弱，容易发生钾的缺乏。

（3）防治方法　充足供应钾肥，特别在生育中后期不能缺少钾肥。多施用有机肥做基肥。发现缺钾时直接向土中施硫酸钾、氯化钾、草木灰或用 0.2%磷酸二氢钾溶液和 10%草木灰浸出液进行叶面喷施。

177. 如何正确识别和防止茄子缺钙症

见书前彩图 6-1。

（1）症状　植株生长点缓慢，生长点畸形，幼叶叶缘失绿，叶片的网状叶脉变褐，呈铁锈状叶。

（2）发生原因　当土壤中钙不足时易发生；土壤中钙虽多但土壤盐类浓度高时也会发生缺钙的生理障碍；土壤干燥时或空气湿度低，连续高温时易出现缺钙症状；当施用氮肥、钾肥过多时会出现缺钙情况。在连续多年种植蔬菜的土壤中栽培茄子易造成缺钙。

（3）防治方法　多施有机肥。土壤缺钙，增施钙肥。应及时对叶面喷洒 0.3％～0.5％氯化钙水溶液，每周喷 2～3 次。

178. 如何正确识别和防止茄子缺镁症

见书前彩图 6-2。

（1）症状　症状一般是从下部叶开始发生，在果实膨大盛期靠果实近的叶先发生。叶脉附近，特别是主叶脉附近变黄，叶片失绿，果实变小，发育不良。

（2）发生原因　土壤含镁少或低温影响根对镁的吸收；土壤中镁含量虽多，但由于钾、氮过多产生拮抗作用，影响作物对镁的吸收时也易发生；当植株对镁的需要量大而根吸收不能满足需要时也会发生。

（3）防治方法　增施用有机肥。测定土壤，土壤中镁不足时要补充钙镁磷肥。应急时可用 1％～2％硫酸镁水溶液喷叶，1 周喷2～3 次。

179. 如何正确识别和防止茄子缺硼症

（1）症状　茎叶变硬，叶硬邦邦的，上部叶扭曲畸形，茎内侧有褐色木栓状龟裂。新叶停止生长，植株呈萎缩状态。子房不膨大，花蕾紧缩不开放。果实表面有木栓状龟裂，果实内部变褐，易落果。

（2）发生原因　土壤酸化，硼素被淋失掉，或施用过量石灰都易引起硼的缺乏；土壤干燥，有机肥施用少容易发生。施用钾肥过量时也容易发生。

（3）防治方法　定植前基施含硼的肥料。及时用硼砂 0.1%～0.25%水溶液进行叶面喷施。

180. 如何正确识别和防止茄子缺铁症

见书前彩图 6-3。

（1）症状　新叶除叶脉外都变鲜黄色，在腋芽上也长出叶脉间鲜黄化的叶。下部叶发生得少，往往发生在新叶上。根也易变黄。

（2）发生原因　土壤含磷多、pH 很高时易发生缺铁。由于磷肥用量太多，影响了铁的吸收，也容易发生缺铁；当土壤过干、过湿、低温时，根的活力受到影响也会发生缺铁；铜、锰太多时容易与铁产生拮抗作用，易出现缺铁症状。

（3）防治方法　当 pH 达到 6.5～6.7 时，就要禁止使用碱性肥料而改用生理酸性肥料。当土壤中磷过多时可采用深耕，换土等方法降低含量。应急方法：如果缺铁症状已经出现，可用0.05%～0.1%硫酸亚铁水溶液喷施，或用柠檬铁 100mg/kg 水溶液每周喷2～3 次。

181. 如何正确识别和防止茄子缺锌症

见书前彩图 6-4。

（1）症状　顶部的叶中间隆起，畸形；生长点附近的节间缩短。

（2）发生原因　光照过强易发生缺锌；若吸收磷过多，植株即使吸收了锌，也表现缺锌症状；土壤 pH 高，即使土壤中有足够的锌，但其不溶解，也不能被茄子吸收利用。

（3）防治方法　不要过量施用磷肥；缺锌时可以施用硫酸锌，每亩用 1.5kg；应急方法：用硫酸锌 0.1%～0.2%水溶液喷洒叶面。

182. **如何正确识别和防止茄子氮素过剩症**

（1）症状　主要表现为枝叶增多、徒长，开花少，坐果率低，果实畸形，果实着色不良，品质低劣。施氮过多，还易导致植株体内养分不平衡，容易诱发钾、钙、硼等元素的缺乏。植株过多吸收氮素，体内容易积累氨，从而造成氨中毒。

（2）发生原因　氮肥或有机肥施用量过大。

（3）防治方法　对于氮过剩，主要是控制氮肥用量，合理地进行氮、磷、钾肥配合施用。可根据茄子的产量水平和土壤肥沃状况确定肥料用量和比例，以减少施肥盲目性。

183. **如何预防日光温室茄子发生疙瘩果**

（1）症状　日光温室温度过低时，茄子常会出现疙瘩果，疙瘩主要集中在果实前端，表现为高 0.5～1cm 的指状突起。掰开果实发现，长疙瘩的地方，果皮与果肉间有较大的空隙。

（2）发生原因　棚温过低，尤其是遇到特殊天气，连续 3 天白天棚温低于 25℃、夜温低于 15℃ 时，根系活动减弱，吸收的营养不能满足果实的正常生长需求，植株抗逆能力降低，易出现疙瘩果。天气晴好时，虽然外界气温很低，但只要光照好，揭开草苫子后，棚内气温升得很快。由于果皮先受热，所以在上午 9～10 时，果皮与果肉温度相差很大。长期处于这样的状态，果皮生长速度势必超过果肉，也会导致果实长疙瘩。此外，若赤霉素用量过大，常导致点花后果实发育速度很快，对外界的抗逆能力变差，也容易出现疙瘩果。

（3）防治方法　针对这些原因，建议在管理时注意以下几点：注意棚室保温，尤其是保持夜间温度不低于 15℃，以免造成根系活动能力变差。晴天时，拉开草苫子后 1h 再给棚室放风，给棚室一个缓慢升温的过程，以免造成果实温度变化剧烈。注意调整花药中点赤霉素的浓度，一般 2～3ml 兑 0.5kg 水即可。注意叶面肥的应用。可喷洒全营养型叶面肥或甲壳素等增强植株抗逆能力的叶面肥。

 184. **冬季日光温室茄子为什么不易膨大？怎样促进果实膨大**

（1）症状　果实膨大缓慢，果实短小。

（2）发生原因　一是温室内的温度偏低，果实膨大速度慢；二是植株的生长势弱，营养不良，不能为果实提供充足的营养。

（3）促进茄子果实膨大的方法　首先要改善果实生长的环境条件，特别是要保持适宜的温度和充足的光照；其次，要加强田间管理，尤其是要保证肥水供应，防止植株早衰；再次，用膨果激素处理果实，促进果实膨大。可在开花坐果后，用赤霉素 2500 倍液喷洒花果，每 10 天左右 1 次，连喷 2 次。

185. **日光温室茄子坐果率低的原因？如何防治**

（1）症状　果实膨大缓慢，果实短小。

（2）发生原因　①棚温大低。茄子是喜温蔬菜，生产发育适应温度为 15～35℃，适宜温度为 22～32℃；低于 20℃ 果实停止生长，低于 15℃ 会落花。我国大部地区 12 月下旬至翌年 3 月初的冬季和早春季节，经常受寒流袭击，这段时间正值温室茄子开花结果期，有的温室因建造不科学，欠规范，采光角度不合理，保温措施欠佳等，造成棚温处在 15℃ 以下，便会导致落花落果。②病害侵染。日光温室茄子会受多种病害的侵染，也导致了坐果率的降低。例如茄子灰霉病，除了侵染茄子的叶、茎外，对果实的侵染更为严重，侵染途径是：茄子开花期，灰霉病菌开始侵染花瓣，花瓣萎蔫后再侵入果实，使幼果特别是"瞪眼茄"很快染病、凹陷、腐烂。湿度对此病流行影响较大，棚内低温高湿，通风不良发病严重。③光照不足。棚膜上的水滴、草屑、尘土等，会使棚膜的透光率下降 30% 左右。新膜在使用 2 天、5 天、15 天后，棚内光照会依次减弱 14%、25%、28%。如果棚膜使用时间较长，膜上灰尘、草屑又多，就会使棚内光照过弱。茄子对光照有较强要求，光照过弱不但花期延迟，还会引起落花。④营养不良。茄子喜肥耐肥，在低温弱光的冬季，因地温较低，土壤中的有机质和微量元素等转化慢，无法满足根部吸收，造成植株营养不良，导致落花落果。

（3）防治方法 ①增温保温。一是棚内吊上天幕。可提高气温3℃左右。二是多施有机肥。有机肥空隙大而且多，里面充满了空气，能够有效减少土壤热量的散失。有机肥在分解过程中还能放出一定的热量，可明显提高棚内的地温和气温。三是盖防寒膜。傍晚盖好草苫后，上面再加上一层塑料薄膜防寒，可提高棚温3～4℃。②防治灰霉病。发病初期喷洒40％施加乐（嘧霉胺）悬浮剂1200倍液，或农利灵可湿性粉剂1000倍液，7天1次连喷2～3次。③增加光照强度。保持棚膜清洁，要经常清扫棚膜，下雪天及时清扫积雪，增加棚膜的透明度；设置反光幕；选用无滴膜；摘除老叶，随着植株的生长和果实的采摘，下部的老叶可随时摘除，增加透光性。④叶面补肥。冬季低温弱光条件下，土壤中的有机质和微量元素转化慢，无法满足植株生长的要求，要补充叶面肥，以达到营养充足，促进花芽分化和保花、保果。可喷施宝力丰（氮、磷、钾复合肥）150倍液，或硼砂（或硼酸）2000倍液，或硫酸镁1000倍液，或硫酸锌1000倍液，或稀土600倍液和其他叶面肥。⑤人工授粉。保护地中应进行人工授粉，授粉时间以早晨8～10时效果最好。

186. 如何预防冬季久阴乍晴日上午揭开草苫后茄子发生萎蔫

（1）症状 在连续低温弱光天气过后，天气突然转晴，揭开草苫一段时间，茄子叶片开始表现失水且萎蔫。

（2）发生原因 由于长期阴天，日光温室内气温、地温都较低，当晴天揭苫后，棚内气温迅速上升，加速叶片蒸腾，而此时地温尚低，根系吸水力差，吸水速度小于蒸腾速度时，叶片就失水萎蔫。

（3）防治方法　在连续低温弱光天气过后，天气突然转晴，揭开草苫一段时间，当茄子叶片开始表现失水且叶尖有萎蔫下垂现象时，把草苫重新放下来，当叶片恢复正常时再把草苫揭去，揭去草苫后当叶片又变软，叶尖部又要下垂时，再把草苫盖上，当叶片恢复正常时又揭去草苫，如此反复，直到叶片在揭苫后一直生长正常为止，再进行正常揭盖苫，这个过程就叫作"回苫"。通过多次回苫，随着地温的提高，根系吸水能力也相应提高，最终达到吸水与蒸腾的平衡。在叶片失水情况下，若不回苫，则会造成叶片永久性失水萎蔫，生严上常因此造成巨大损失，切不可轻视疏忽。

除采用回苫措施外，还可叶面喷施植物调节剂，增加茄子的根系，增强吸收功能。经过近几年农业部门试验证明，在现有的预防冷害的物化技术产品中，能够在低温冷害情况下保证作物正常能量、生理代谢功能的产品，首推我国台湾纳米高科技产品——"纳米磁能液"，该产品可将强磁能在作物体内转化，提高作物的抗冷害能力。具体的使用方法如下。①预防：根据当地的天气变化情况如近期内有低温天气提早做预防使用，使用剂量：每亩用 3000 倍液喷施。②治疗：对已发生萎蔫下垂现象的进行 2000 倍液喷施，可在短期内迅速缓解冷害，使茄子恢复生长。恢复正常作物生理生长特征。同时，还可喷施爱多收等进行预防或治疗。

187. 用 2,4-D 处理花朵后植株发生皱叶是怎么回事？怎样解决

（1）症状　茄子用 2,4-D 处理花朵后，叶片发生皱缩。

（2）发生原因　①2,4-D 的使用浓度过高。适宜的 2,4-D 药液浓度为 25～30mg/kg。2,4-D 属于向上传导型植物生长调节剂，在保花保果时，若浓度过大，会通过花序传至生长点，达到一定浓度后，使生长点叶片变小、变皱、变厚，似病毒病症状。由于有花朵进入生长点的 2,4-D 数量有限，故引起的叶片皱缩程度一般比较轻，短时间能够恢复正常。②植株水分供应不足。用 2,4-D 处理花朵期间，如果植株缺水，也容易使茎叶中 2,4-D 相对浓度过高

而引起叶片皱缩。③高温下处理花朵。高温下处理花朵，特别是晴暖中午前后处理花朵，因为此时植株中的水分含量较低，即使用正常浓度的2,4-D处理后，也因茎叶中的2,4-D浓度偏高，而引起叶片皱缩。

（3）防治方法　叶片发生皱缩后，应及时浇一次水，增加茎叶中的水分含量，稀释茎叶中的2,4-D，同时进行叶面喷水，增加叶片中的水分含量，促叶片伸展。

188. 如何防治茄子畸形花

（1）症状　正常的茄子花大而色深，花柱长，开花时雌蕊的柱头突出，高于雄蕊花药之上，柱头顶端边缘部位大，呈星状花，即长柱花。生产上有时遇到花朵小，颜色浅，花柱细、花柱短，开花时雌蕊柱头被雄蕊花药覆盖起来，形成短柱花或中柱花。当花柱太短，柱头低于花药开裂孔时，花粉则不易落到雌蕊柱头上，不易授粉，即使勉强授粉也易形成畸形花或使花脱落。

（2）发生原因　主要是花的发育和形态受环境条件和植物体营养状态影响造成。茄子处在夜温高、弱光照，碳水化合物生成少，但消耗很多的情况下，花芽的各器官发育不良，易出现短柱花，形成畸形花或脱落。另外，缺氮会延迟花芽分化，减少开花数量，尤其在开花盛期，氮、磷不足易产生畸形花。

（3）防治方法　①育苗时选择肥沃的土壤。气温控制在20～30℃，夜间20℃以上，地温不低于20℃，初期和中期注意防止低温，后期气温逐渐升高时，要防止高温多湿，昼夜温差不要小于5℃，保持土壤湿润，延长光照时间有利于长柱花形成。②培育壮苗。苗龄70～80天，要求茎粗短，节紧密，叶大叶厚，叶色深绿，须根多，苗期温度白天控制在28～30℃、夜间18～20℃，同时注意增加光照。③苗长到1叶1心时移植，使其在花芽分化前缓苗，使花芽分化充分。④定植前1天浇透苗床，第二天用铲子把苗铲起，把茄苗带土提起，尽量少伤根，这样定植后不仅缓苗快，还可防止落花、落果及产生畸形果，此外还可有效地预防黄萎病和僵果。⑤温室茄子进入高温季节后，棚膜应逐渐全部揭开，防止高温为害或产生畸形花。

189. 怎样防治茄子裂果

（1）症状　茄子果实形状不正，产生双子果或开裂，在保护地发生较多，在露地条件下主要发生在门茄坐果期。开裂部位一般始于花萼下端，为害较重。

（2）发生原因　主要是温度低或氮肥施用过量，浇水过多致生长点营养过盛，造成花芽分化和发育不充分而形成多心皮的果实或雄蕊基部分开而发育成裂果。有时果实与枝叶摩擦，果面产生伤疤，浇水后果肉膨大速度快，容易引起开裂。

（3）防治方法　①选择肥沃土壤育苗和定植。气温控制在白天20～30℃，夜间20℃以上，地温不低于20℃，初期和中期注意防止低温，后期防止高温多湿，昼夜温差不要小于5℃，保持土壤湿润。②培育壮苗。苗龄70～80天，茎粗短，节紧密，叶大叶厚，叶色深绿，须根多，苗期温度白天控制在28～30℃，夜间18～20℃，同时注意光照。③定植前1天浇透苗床，定植时尽量少伤根，加快缓苗。④定植后，用10万单位的防落素配成30mg/kg水溶液，对门茄进行喷花，可有效地防止保护地产生裂果。⑤提倡施用促丰宝活性液肥2号600～800倍液。

190. 茄子发生着色不良果的原因有哪些？如何预防

（1）症状　紫色品种的茄子在棚室栽培条件下果实颜色为淡紫色或红紫色（见书前彩图6-5），严重的呈绿色，且大部分果实半边着色不好，影响上市期和商品价值。

（2）发生原因　茄子果实的紫色是由花青苷系的色素形成的，其出现主要受光照影响。在紫色茄子坐果后，遇有阴雨寡照的天气多，持续时间长，常导致茄子果实得不到充足的阳光照射。因此，光照不充足及隐蔽在植株叶子下面的果实整个或半个面着色不好，这时果实带果柄的基部细胞较嫩，缺乏光照时，虽然能够产生色素，但茄子的颜色浅淡，尤其是在只能得到散射光时，着色最差。由于塑料膜可透过 $320\sim370\mu m$ 波长的紫外线能力较差，因此也易造成茄果着色不良，尤其是早春或冬季栽培的茄子，其果实膨大期正处在光线比较弱的季节，这时生产的茄子着色不好。如果在此间再遇有高温干燥的条件或营养不良，着色更不好，且无光泽。此外，塑料膜污染，其上布有较多灰尘或经常附着水滴也会影响透光，不仅影响茄子光合作用，也影响着色。

（3）防治方法　①选用耐低温品种，如快圆茄。选择高燥透光良好的棚室栽培茄子。②使用透光性能好的 EVA 无滴膜，经常清除积在膜上的尘土。③合理密植，一般每亩栽 3000 株左右，不可过密，以保证茄子中下部透光。适当疏枝，坐果后见花瓣残存在花萼或枝杈处，应及时去除，防止感染灰霉病而影响着色。④根据棚室情况尽量早揭晚盖，延长光照时间，必要时可采取人工补光。⑤因地制宜选用品种，在喜食绿色茄子地区，尽量选择绿茄。⑥采用配方施肥技术，合理施用有机肥。⑦适时采摘。紫色品种整个果实表皮呈深紫色，白色品种呈乳白色即应采收。⑧疏枝摘心。茄子阶段结果习性较明显，疏枝应结合采摘进行，有目的地疏去老枝及旺发的腋梢，选 4～6 个强壮的腋梢作新枝培养，防止早衰。

191. 茄子发生药害时有什么表现？有哪些急救措施

药害因农药种类不同，受害轻重不同而症状有很大差异，其主要的表现如下。一是烧叶。最常见的是叶脉间变色和叶缘尤其是滴药水处变白或变褐色，叶表受到较轻药害时失去光泽。区别于其他伤害的重要特点是中部叶及功能叶受害严重，嫩叶及上部叶片变色比下部严重，气害则是多中部叶及功能叶受害严重，边缘及叶反面严重，可与药害相区别。二是叶变黄或脱落。在根部受药害、肥害及大水闷根时心叶、小叶变黄。对药物敏感则大叶变黄，如茄子上用含代森锰锌等药物过量，如杀毒矾等会引发叶黄甚至脱落。三是叶子果实着生黑斑、黑点。如果农药使用浓度偏高时，铜制剂可使茄子果实生黑点，特点是黑亮且擦不掉。菌核净可以使叶部生黑褐斑；密霉胺可以使用茄子叶片生片状褐斑。四是抑制生长。特普唑等不少三唑类药物也会使多种蔬菜生长变慢，叶小、果小，生长受抑制。使用多效唑或特普唑量大时也会使下季或下茬蔬菜生长缓慢。五是叶果畸形。点花药物如2,4-D，防落素等在使用浓度太高或用量大时很容易引发生长点叶变厚、变窄、扭曲畸形状如病毒病。果实变形、僵而不长或开裂。

防治对策：①喷施中和剂。针对导致药害的药物性质，使用与其性质相反的药物进行中和缓解。如发生硫酸铜药害后，可喷0.5％的生石灰水解救。如受石硫合剂药害后，在水洗的基础上，喷400～500倍的米醋液可减轻药害。有机磷类农药产生药害时，可喷200倍的硼砂液1～2次。②使用解毒剂发。生药害后可用某些特定的解毒剂进行补救。如多效唑等抑制剂或延缓剂造成危害时，可喷施九二〇（主要成分为赤毒素）溶液解救。③喷施生长调节剂。根据需要，选用叶绿宝、细胞分裂素等叶面营养调节剂和植物激素进行叶面喷施，能促进作物恢复生长，减轻药害造成的损失。④喷施强氧化剂。高锰酸钾是一种强氧化剂，对多种化学农药都具有氧化、分解作用，可用高锰酸钾3000倍液进行叶面喷施。⑤灌水降毒。因土壤施药过量造成药害，可灌大水洗田，一方面满足作物根系的吸水需求，增加茄子植株细胞水分含量，降低体内农药的相对浓度；另一方面灌水能降低土壤中农药浓度，减轻农药对茄子的毒害。⑥及时增施肥料。作物发生药害后生长受阻，长势减弱。若及时补施氮、磷、钾肥或腐熟有机肥，可促使受害植株恢复生长。如果药害是由酸性农药引起的，可在地里撒生石灰或草木灰，药害较重的还可用1％漂白粉液叶面喷施。对碱性农药引起的药害，可用硫酸铵、过磷酸钙等酸性肥料。

无论何种性质的药害，叶面喷施0.1％～0.3％的磷酸二氢钾溶液，或用0.3％的尿素加0.2％的磷酸二氢钾溶液混合喷洒，每隔5～7天一次，连喷2～3次，均可显著降低因药害造成的损失。

192. 如何防治茄子僵果

（1）症状　茄子果实形状不正，杓住不长。

（2）发生原因　主要是苗的素质不好，与床土及温、湿、光管理有关。茄子根系发育缓慢，吸水范围窄，尤其幼苗不耐干燥，温度高于 30℃，短花柱花增多，容易落花及发生僵茄。当昼夜温度都过高时，同化养分消耗增多，致苗质变劣。如光照不足，生长发育缓慢，形成花的时期及开花期推迟，致花的素质下降。温度低于17℃，高于 35℃，茄子受精受阻，花粉发芽趋缓，定植时遇有低温，即使花粉落到雌蕊上，花粉管伸长不良，形成僵茄。尤其是夜温过高，昼夜温差小，易产生僵果。另外，铵态氮高、钾多、弱光、多湿的条件也会使僵果增多，越冬栽茄子易形成僵茄。一般圆茄品种比长茄品种僵果多。

（3）防治方法　①育苗期白天保持 26～30℃，夜温 17℃；2叶期后控制夜温在 14～15℃。②茄子喜强光，育苗时使用玻璃或透光充分的塑料薄膜，有利于提高苗的素质，但温度高于 40℃不发芽。③育苗期尽量保温。最低气温不得低于 14～15℃，地温16～17℃，白天注意增加采光，棚温控制在 30℃以下，及时通风换气，防止高温引起僵茄发生。④膨果期，叶面喷施 1％尿素＋0.3％磷酸二氢钾液，促进植株生长，增加光和产物积累；用 30～50mg/kg 防落素蘸花促进果实膨大。

193. 茄子发生低温障碍有哪些表现？如何预防

（1）症状　低温障碍有两种情况，一是低温冷害，遇有冰点以上的较低温度，即发生冷害。有 2 种情况：①叶尖、叶缘出现水浸状斑块，叶组织变成褐色或深褐色，后呈现青枯状。②叶片出现叶绿素减少或在近叶柄处产生黄色花斑，病株生长缓慢，植株杓住不长。二是冻害，遇有冰点以下的温度即发生冻害，冻害依受冻程度可分 4 种情况：①在育苗畦中仅个别植株受冻；②幼苗的生长点或子叶节以上的 3～4 片真叶受冻，叶片萎垂或枯死；③茄子幼苗尚未出土，幼苗在地下全部冻死；④植株生育后期或果实在田间或运输及贮存过程中，遇有冰点以下温度，常常受冻，温度回升至冰点以上，才开始显症，初呈水浸状、软化、果皮失水皱缩，果面现凹陷斑，持续一段时间造成腐烂。

（2）发生原因　气温过低或遇有寒流及寒潮侵袭时易产生冷害或冻害。

（3）防治方法　①选用耐低温的品种。②苗床和定植地要采用分层施肥法，提倡施用日本酵素菌沤制的堆肥酿热物，以保持土壤疏松和提高地温，采用配方施肥技术，施用完全肥料或复合肥等，不要偏施氮肥，以增强幼苗抗寒能力，培育壮苗。③采用热水循环温床法育苗。④采用双层膜或三层膜覆盖，要注意提高苗床或温室地温，地温要稳定在 13℃ 以上，防止落叶、落花和落果。⑤低温锻炼，适期蹲苗。⑥生产上遇有寒流或寒潮侵袭，出现大降温天气时，要及时增加覆盖物或加温，土壤干旱的要浇水，寒流过后要千方百计把棚温和地温提高到 13℃ 以上，避免低温型病害发生和蔓延，一旦发生冻害，上午要早放风、下午晚放风，尽量加大放风量，以避免升温过快，使寄主细胞间的冰晶慢慢融化成水，并被原生质吸收，这样就能大大减轻受冻的程度。⑦茄子果实受冻，宜采用变温及缓慢间歇加温处理，也会使冷害症状恢复，或冷害症状延缓出现。⑧喷氯化胆碱。用 500～1000mg/kg 的氯化胆碱喷洒茄子叶面，保护处于低温胁迫下的茄子植株的细胞膜系结构和提高其防冷性物质含量，从而增强茄子植株的抗冷性。

194. 茄子为什么会发生顶叶凋萎？如何防治

（1）症状　植株顶端茎皮木栓化龟裂，叶色青绿，边焦边黄化；果实顶部肉皮下凹，易染绵疫病，烂果。

（2）发生原因　碱性土壤中，夏季由低温弱光期转入高温强光期，地上部蒸腾作用增大，但根系吸收能力弱，造成顶叶因缺钙、缺硼而凋落。

（3）防治方法　注意此时对叶面补充钙硼肥，遇高温强光天气要注意通风降温，发生绵疫病时可喷施波尔多液、百菌清、甲基托布津等真菌性药剂防治。

195. 圆茄偏头原因何在

（1）症状　圆茄果实一端生长发育良好，而另一边停止发育或发育较慢，造成圆茄一边大一边小，脐部偏向一侧（见书前彩图6-6）。圆茄偏头严重地影响了茄子的效益。

（2）发生原因　主要由两方面原因造成。一是花芽分化差是造成圆茄偏头的根本原因。圆茄偏头多的日光温室里，仔细观察茄子的花，可见短花柱花非常多，并且有些花柱的柱头是黑色的。子房处于花朵的内部，从外观上难以发现子房的发育不良，但花的发育是一个整体，从花柱发育不良，可以推断出子房发育不正常。环境条件影响花芽分化。茄子一般在幼苗长出 3～4 片真叶时就开始花芽分化。影响花芽分化的因素，包括温度、光照及肥料。具有一定的昼夜温差，光照较强，养分充足，能促使秧苗生长旺盛、花芽分化良好。育苗期内若出现连续阴雨天气，光照弱，光合产物不足，会明显影响花芽分化。缺素容易造成花芽分化不良。肥料上，硼和钙对花芽分化的影响较大，棚室内也容易缺乏。山东地区，土壤中硼的含量较低，常出现缺硼症状，影响细胞的分裂和伸长。二是点花药使用不当，加速了圆茄偏头的发生。长期施用同一种浓度的点花药，容易因激素浓度不合适造成畸形果。茄子的点花药主要由赤霉素、2,4-D 等植物生长调节剂组成，它们起到促进果实生长、防止落果的目的。植物生长调节剂作用虽大，其适宜浓度却非常低，而且其浓度受温度的影响很大，春秋与冬季的适用浓度是不同的。长年使用同一浓度的点花药，容易因浓度不适合引发问题，如畸形果等。观察偏头的圆茄，可以看到点花一侧对应的果实生长快，显然赤霉素的促长作用加速了果实的生长，对于本身花芽分化差的圆茄来说，形成偏头也就不难理解了。

（3）防治方法　幼苗长出 3～4 片真叶后，加强管理，拉大昼夜温差，促进花芽分化。苗期如遇连续阴雨天气，要适当补光。土壤缺硼，可以在底肥中施用 1～2kg 硼砂，也可以在开花前喷用速乐硼 1200 倍液。菜农在使用购买的点花药前，必须先进行试验，选取几株到十几株点花。若坐果良好，未出现畸形、生长慢等问题，再进行大面积的使用。对于花芽分化不良引起的畸形果，已经很难再治愈，只有控制好环境，合理浇水施肥，才能保证上部花芽正常分化，从而避免或减少畸形茄的发生。

196. 长茄弯果原因何在

（1）症状　长茄变弯（见书前彩图 6-7），致使商品性变差。

（2）发生原因　一是在雌花花芽分化期，外界的环境条件不适宜，导致胎座组织发育不均衡，从而出现果实弯曲。另外受精不完全，仅子房一侧的卵细胞受精，导致整个长茄发育不平衡也会形成弯曲。二是植株长势弱，果实膨大期缺肥造成的弯曲，另外营养生长过旺而生殖生长不足也会形成弯曲。三是在果实膨大期，高温强光引起水分、养分供应不足造成的弯曲。四是若正在伸长的茄子碰到阻碍物也会造成弯曲，如植株底部的茄子因着地就易弯曲。五是缺乏微量元素硼也能造成果实弯曲。

（3）防治方法　一是苗期创造适宜的温度及光照条件，以利于花芽分化。白天控制棚温 30℃ 左右，夜间以 22℃ 为适宜；茄子对光照时间和强度的要求较高，光照强度补偿点为 2000lx，饱和点为 40000lx，在自然光照下，日照时间越长，果实发育越好，因此，夏季日光温室种长茄苗期不可过度遮光，而要努力确保光照时间，以防果实发育不良。二是施足有机肥，基肥应每亩用畜禽圈肥 5000kg 左右，并在花前补施硼肥，膨果期以追施含氮、钾的肥料为主。要注意补充，不可脱肥，可采用随水冲施并叶面喷施两结合的方法进行追肥，硼肥应选择吸收率高的硼尔美等为好。同时，要注意预防植株旺长，以免生殖生长不足造成果实弯曲。可通过拉大昼夜温差、降低棚内温湿度、叶面喷施多效唑或烯唑醇相结合的办法抑制旺长。三是对于机械造成的弯曲果实，可在缠蔓、整枝时及时消除阻挡因素而使果实正常下垂即可解决。四是降低点花药的浓度。夏季温度高，要适当降低 2,4-D 和赤霉素的浓度，可用 5% 的 2ml 2,4-D 混 2 滴赤霉素，兑水 0.3kg。在点花时，可使弯曲状的果柄内侧着药（指弧形的内侧）纠正果实弯曲，且弯曲度越大，点药部位应越靠近花萼处。

197. 保护地茄子容易发生哪些气害？如何识别和防治

（1）二氧化氮气害　①症状：植株中上部叶背后发生不规则水浸状淡色斑点或叶片上产生褐色小斑点，2～3 天后叶片干枯，严重时植株枯死。②发生原因：在施肥量过大，土壤由碱性变为酸性情况下，硝化细菌活动受抑制，二氧化氮不能及时转换成硝态氮而产生为害。③防治方法：施用充分腐熟的农家肥。施化肥特别是施尿素时，要少施勤施，施后及时浇水，加强通风。

（2）氨害　①症状：幼苗受害时，叶边缘水浸状变黑色而枯死；成株受害时，叶边缘退绿、变白、干枯，或全株突然萎蔫。②发生原因：施用过量未腐熟的农家肥或施用过多的尿素、碳铵等氮肥，造成氨气聚集，或氮肥施时离根系近，根系周围土壤浓度大，茄子无法吸水而中毒。③防治方法：防止氨害主要措施是施用充分腐熟的农家肥。施化肥特别是施尿素时，要少施勤施，施后及时浇水，加强通风。当发生氨害时，可在叶背面喷 1% 的食醋，能明显减轻为害。

（3）二氧化硫气害　①症状：首先在气孔周围及叶缘出现，开始呈水浸状，然后叶绿素受到破坏，呈圆形或菱形"白烟斑"，叶脉内出现斑点，易导致叶片枯萎脱落。茄子对二氧化硫敏感。②发生原因：大量施用硫酸钾及未腐熟的饼肥，易产生二氧化硫。③防治方法：适当选址，选择远离化工厂及可能发生二氧化硫气体危害的地方建棚。合理施肥，施用充分腐熟的有机肥，采用配方施肥，减少化肥用量。选用合理的施肥方法，追施尿素、磷酸二铵等化肥时，应埋实并结合浇水，尽量避免有害气体的挥发。通风换气，追肥后利用中午温度较高时加强通风换气，减少棚内有害气体的积累。已发生气害的棚室，尽快加大放风量，及时排放有害气体。及早叶面喷施植物动力 2003、天丰素等高效叶面肥，增强植株的抗逆性，提高叶片光合效能。

（4）邻苯二甲酸和二异丁酯挥发气体　这两种气体来源于塑料中的增塑剂，它们均能通过植株叶片上的微气孔进入叶内组织，破坏组织细胞，造成危害，使蔬菜植株出现叶斑、褐变。所以日光温室最好选择聚乙烯无毒薄膜，可避免或减少危害。

（5）乙烯和氯气　聚氯乙烯薄膜在使用过程中也会挥发出一些乙烯气体，达到一定浓度时（$0.1ml/m^3$），也会使蔬菜中毒；棚室中多数是因塑料薄膜不纯也容易挥发出氯气。当保护地内氯气浓度达到 $0.1ml/m^3$ 时，2h 后就会出现中毒症状。低于 $0.1ml/m^3$ 时，时间持续长也会受害。预防措施同磷苯二甲酸和二异丁酯挥发气体。

注意：任何蔬菜温室内的气体危害都不仅仅是由一种气体造成的，有时是几种气体同时作用的结果。温室蔬菜一旦受到气体的侵害，就很难复原，所以，要做到预防为主。

198. 为什么会发生茄子双子果？如何防治

（1）症状　双子果。

（2）发生原因　茄子果实是靠细胞分裂和膨大而发育的，但在开花期以前细胞分裂已基本结束。开花后果实主要靠细胞的膨大而长大，这时必须把大量的营养物质运往已经确定的细胞中并积累起来，开花后为使果实正常地膨大发育，首先必须授粉受精，形成种子，这时子房中生长素浓度提高，果实变成流通中心，吸收养分和水分，果实形成正常果实。但此过程稍有不适就会出现双子果。病因：茄子进入花芽分化期遇有低于 15℃ 的低温、肥料过多、灌水过量等，致生长点的营养过多。过剩的养分供给分化、发育中的花芽，花芽的营养过剩，细胞分裂变得很旺盛，心皮数目变多。这些多心皮的子房，在发育过程中各个心皮不能整齐合一地接合在花托的中央，各个心皮和子房的发育变得不均衡，结果发育成双子果等畸形果。

（3）防治方法　果实发育必需的营养是碳水化合物和氮、磷、钾等，它们是果肉细胞膨大所需要的细胞质和果汁的主要成分。为确保这些成分，茄株需要充足的光照和充分的光合作用，同时要把温度，尤其是夜温降低一些，经常保持茄子营养生长和生殖生长的平衡是很重要的。

茄子花芽分化期要保持温度适宜；土壤水分和营养不宜过多。要求白天温度控制在 25～30℃，上半夜 18～24℃，下半夜 15～18℃，维持一定的昼夜温差，严防温度长期低于 15℃ 或高于 35℃。光照应达到 8h 以上，尽量多见光。

199. 长茄花针变黑变短是什么原因造成的

（1）症状　茄子花针变黑变短。

（2）发生原因　一是花芽分化不良造成。主要是光温不适造成的。二是结果后期植株早衰、老化所致。特别是一年一大茬长茄到了生长后期，植株结果部位上移，离根系越来越远，植株制造的营养运输距离也加大，不能及时满足果实生长需要，导致果实营养不良，出现花针变黑变短，萼片不新鲜的现象。三是旱涝不均所致。日光温室土壤过干或过湿，变化剧烈往往会导致植株根系受伤，不能吸收充足的营养供应植株生长，植株生长衰弱，导致花针变黑变短。四是缺硼所致。长茄缺硼也会导致花针变黑变短。

（3）防治方法　①保持良好的光温条件。②针对植株早衰老化造成的花针变黑变短，应及时给长茄补充营养，可随水冲施全水溶性肥料，也可叶片喷洒全营养型叶面肥，效果较好。③浇水要根据土壤墒情而定，切不可按天数浇水。浇水时切忌大水漫灌，避免沤根伤根现象。④缺硼时应及时喷洒速乐硼 1200 倍液。

200. 冬季连阴天时如何防茄子黑心

（1）症状　茄子表皮完好，果肉变黑。

（2）发生原因　主要是由于低温下肥水过大，致使茄子根系受伤而产生的吸收障碍性缺素症。尤其是在连阴天和雨雪天气条件下，保温性能差的老棚发生较多。

（3）防治方法　要避免茄子黑心病的发生，应注意以下几点。

首先，要注意合理浇水施肥，避免根系受伤。尤其是在阴雨天，棚内湿度较大，要尽量避免在此期内浇水。晴天浇水一定要选在上午 10 时以前进行，切忌中午或下午浇水，以免茄子根系在较高的地温下突然遇冷水而造成沤根，影响根系对钾、钙、镁、铁、锌等元素的吸收能力。施肥应尽量避免施用含氮量过高的肥料，因为氮素在低温下往往以铵态氮的形式存在，会对微量元素的吸收产生拮抗作用而致使茄子出现缺素黑心。冬季可冲施腐殖酸类肥料，也可冲施生物菌肥，养根护根效果都很不错。

其次，要注意保持地温的恒定。地温适宜，根系生长发育快，吸肥能力强，茄子就不会出现因缺素而黑心的现象。因此，在冬季连阴天时，要经常擦拭棚膜，保持较高的透光性，以提高棚内温度，促进地温回升，加快根系的生长发育。操作行内最好用作物秸秆覆盖，对保持地温的恒定效果显著。

再次，要加强通风，降低棚内湿度。棚内湿度过大，植株的蒸腾作用就会减弱，没有了蒸腾拉力，根系无法吸收充足的养分，养分自然也无法供给茄子生长需要，从而造成茄子黑心。因此，冬季棚内应加强通风，降低棚内湿度，尤其是阴雪天时，在不降低棚内温度的前提下，就应拉开放风口，加强通风排湿。

另外，还要注意根外补肥。当发现茄子出现黑心时，可视天气条件喷施含有钾、钙、镁、铁、锌等多种微量元素的叶面肥。也要用爱多收或乐得叶面肥叶面喷施，以增强植株健壮，促进光合作用，使茄子果实所需要的养分不断地向上供应，从而避免和减少茄子黑心病的发生。

参 考 文 献

[1] 梁成华，吴建繁. 保护地蔬菜生理病害诊断及防治（彩色图册）. 北京：中国农业出版社，1999.

[2] 王兴久，朱中华. 蔬菜病虫害防治图谱. 北京：中国农业大学出版社，2002.

[3] 袁美丽. 番茄、辣椒、茄子病害图谱. 沈阳：吉林科学技术出版社，1993.

[4] 胡云生，胡永军，孙丽英. 大棚茄子高效栽培技术. 济南：山东科学技术出版社，2009.

[5] 胡永军. 保护地茄子种植难题破解100法. 北京：金盾出版社，2007

[6] 常红，茬良，汪娜. 茄子再生栽培丰产栽培技术. 吉林蔬菜，2008（6）：11

[7] 郑东峰，王学君，徐长英等. 日光温室蔬菜覆膜敞穴施肥方法与效果初步研究. 山东农业科学，2007（5）：70-71

[8] 北方蔬菜周刊，2007～2009

[9] 张淑萍. 日光温室深冬茄子生理病害诊断的识别与防治. 北京农业，2000（12）：10.